Johann Wolfgang von Goethe

Märchen

Mit Bildern
von
Hermann Hendrich
und
Hermann Linde

The Fairy Tale
of the
Green Snake
and the
Beautiful Lily

Translated by
Thomas Carlyle

Alfa-Veda

Fűr den Dichter

For the Poet

n dem großen Fluss, der eben von einem starken Regen geschwollen und übergetreten war, lag in seiner kleinen Hütte, müde von der Anstrengung des Tages, der alte Fährmann und schlief. Mitten in der Nacht weckten ihn einige laute Stimmen; er hörte, dass Reisende übergesetzt sein wollten.

Als er vor die Tür hinaustrat, sah er zwei große Irrlichter über dem angebundenen Kahn schweben, die ihm versicherten, dass sie große Eile hätten und schon an jenem Ufer zu sein wünschten. Der Alte säumte nicht, stieß ab und fuhr mit seiner gewöhnlichen Geschicklichkeit quer über den Strom, indes die Fremden in einer unbekannten, sehr behenden Sprache gegeneinander zischten und mitunter in ein lautes Gelächter ausbrachen, indem sie bald auf den Rändern und Bänken, bald auf dem Boden des Kahns hin und wider hüpften.

»Der Kahn schwankt!« rief der Alte, »und wenn ihr so unruhig seid, kann er umschlagen; setzt euch, ihr Lichter!«

Sie brachen über diese Zumutung in ein großes Gelächter aus, verspotteten den Alten und waren noch unruhiger als vorher. Er trug ihre Unarten mit Geduld und stieß bald am jenseitigen Ufer an.

n his little hut by the great river, which a heavy rain had swollen to overflowing, lay the ancient Ferryman, asleep, wearied by the toil of the day. In the middle of the night, loud voices awoke him; he heard that it was travellers wishing to be carried over.

Stepping out, he saw two large Will-o'-wisps, hovering to and fro on his boat, which lay moored: they said, they were in violent haste, and should have been already on the other side.

The old Ferryman made no loitering; pushed off, and steered with his usual skill obliquely through the stream; while the two strangers whiffled and hissed together, in an unknown very rapid tongue, and every now and then broke out in loud laughter, hopping about, at one time on the gunwale and the seats, at another on the bottom of the boat.

"The boat is keeling!" cried the old man; "if you don't be quiet, it'll overset; be seated, gentlemen of the wisp!"

At this advice they burst into a fit of laughter, mocked the old man, and were more unquiet than ever. He bore their mischief with silence, and soon reached the farther shore.

»Hier ist für Eure Mühe!« riefen die Reisenden, und es fielen, indem sie sich schüttelten, viele glänzende Goldstücke in den feuchten Kahn.

»Um Himmels willen, was macht ihr!« rief der Alte; »ihr bringt mich ins größte Unglück! Wäre ein Goldstück ins Wasser gefallen, so würde der Strom, der dies Metall nicht leiden kann, sich in entsetzliche Wellen erhoben, das Schiff und mich verschlungen haben; und wer weiß, wie es euch gegangen sein würde; nehmt euer Geld wieder zu euch!«

»Wir können nichts wieder zu uns nehmen, was wir abgeschüttelt haben«, versetzten jene.

»So macht ihr mir noch die Mühe«, sagte der Alte, indem er sich bückte und die Goldstücke in seine Mütze las, »dass ich sie zusammensuchen, ans Land tragen und vergraben muss.«

Die Irrlichter waren aus dem Kahn gesprungen, und der Alte rief: »Wo bleibt nun mein Lohn?«

»Wer kein Gold nimmt, mag umsonst arbeiten!« riefen die Irrlichter.

»Ihr müsst wissen, dass man mich nur mit Früchten der Erde bezahlen kann.«

»Mit Früchten der Erde? Wir verschmähen sie und haben sie nie genossen.«

"Here is for your labour!" cried the travellers; and as they shook themselves, a heap of glittering gold-pieces jingled down into the wet boat.

"For Heaven's sake, what are you about?" cried the old man; "you will ruin me forever! Had a single piece of gold got into the water, the stream, which cannot suffer gold, would have risen in horrid waves, and swallowed both my skiff and me; and who knows how it might have fared with you in that case? Here, take back your gold."

"We can take nothing back, which we have once shaken from us," said the Lights.

"Then you give me the trouble," said the old man, stooping down, and gathering the pieces into his cap, "of raking them together, and carrying them ashore and burying them."

The Lights had leaped from the boat, but the old man cried: "Stay; where is my fare?"

"If you take no gold, you may work for nothing," cried the Will-o'-wisps.

"You must know that I am only to be paid with fruits of the earth."

"Fruits of the earth? We despise them, and have never tasted them."

»Und doch kann ich euch nicht loslassen, bis ihr mir versprecht, dass ihr mir drei Kohlhäupter, drei Artischocken und drei große Zwiebeln liefert.«

Die Irrlichter wollten scherzend davonschlüpfen, allein sie fühlten sich auf eine unbegreifliche Weise an den Boden gefesselt; es war die unangenehmste Empfindung, die

"And yet I cannot let you go, till you have promised that you will deliver me three Cabbages, three Artichokes, and three large Onions."

The Lights were making-off with jests; but they felt themselves, in some inexplicable manner, fastened to the ground: it was the unpleasantest feeling they had ever had.

sie jemals gehabt hatten. Sie versprachen, seine Forderung nächstens zu befriedigen; er entließ sie und stieß ab.

Er war schon weit hinweg, als sie ihm nachriefen: »Alter, hört, Alter! Wir haben das Wichtigste vergessen!«

Er war fort und hörte sie nicht. Er hatte sich an derselben Seite den Fluss hinabtreiben lassen, wo er in einer gebirgigen Gegend, die das Wasser niemals erreichen konnte, das gefährliche Gold verscharren wollte. Dort fand er zwischen hohen Felsen eine ungeheure Kluft, schüttete es hinein und fuhr nach seiner Hütte zurück.

In dieser Kluft befand sich die schöne grüne Schlange, die durch die herabklingende Münze aus ihrem Schlaf geweckt wurde. Sie ersah kaum die leuchtenden Scheiben, als sie solche auf der Stelle mit großer Begierde verschlang und alle Stücke, die sich in dem Gebüsch und zwischen den Felsritzen zerstreut hatten, sorgfältig aufsuchte. Kaum waren sie verschlungen, so fühlte sie mit der angenehmsten Empfindung das Gold in ihren Eingeweiden schmelzen und sich durch ihren ganzen Körper ausbreiten, und zur größten Freude bemerkte sie, dass sie durchsichtig und leuchtend geworden war.

They engaged to pay him his demand as soon as possible: he let them go, and pushed away.

He was gone a good distance, when they called to him: "Old man! Holla, old man! The main point is forgotten!"

He was off, however, and did not hear them. He had fallen quietly down that side of the River, where, in a rocky spot, which the water never reached, he meant to bury the pernicious gold. Here, between two high crags, he found a monstrous chasm; shook the metal into it, and steered back to his cottage.

Now in this chasm lay the fair green Snake, who was roused from her sleep by the gold coming chinking down. No sooner did she fix her eye on the glittering coins, than she ate them all up, with the greatest relish, on the spot; and carefully picked out such pieces as were scattered in the chinks of the rock.

Scarcely had she swallowed them, when, with extreme delight, she began to feel the metal melting in her inwards, and spreading all over her body; and soon, to her lively joy, she observed that she was grown transparent and luminous.

Lange hatte man ihr schon versichert, dass diese Erscheinung möglich sei; weil sie aber zweifelhaft war, ob dieses Licht lange dauern könne, so trieb sie die Neugierde und der Wunsch, sich für die Zukunft sicherzustellen, aus dem Felsen heraus, um zu untersuchen, wer das schöne Gold hereingestreut haben könnte. Sie fand niemanden.

Desto angenehmer war es ihr, sich selbst, da sie zwischen Kräutern und Gesträuchen hinkroch, und ihr anmutiges Licht, das sie durch das frische Grün verbreitete, zu bewundern. Alle Blätter schienen von Smaragd, alle Blumen auf das herrlichste verklärt. Vergebens durchstrich sie die einsame Wildnis; desto mehr aber wuchs ihre Hoffnung, als sie auf die Fläche kam und von weitem einen Glanz, der dem ihrigen ähnlich war, erblickte. »Find ich doch endlich meinesgleichen!« rief sie aus und eilte nach der Gegend zu. Sie achtete nicht die Beschwerlichkeit, durch Sumpf und Rohr zu kriechen; denn ob sie gleich auf trocknen Bergwiesen, in hohen Felsritzen am liebsten lebte, gewürzhafte Kräuter gerne genoss und mit zartem Tau und frischem Quellwasser ihren Durst gewöhnlich stillte, so hätte sie doch des lieben Goldes willen und in Hoffnung des herrlichen Lichtes alles unternommen, was man ihr auferlegte.

Long ago she had been told that this was possible; but now being doubtful whether such a light could last, her curiosity and her desire to be secure against her future, drove her from her cell, that she might see who it was that had shaken in this precious metal. She found no one.

The more delightful was it to admire her own appearance, and her graceful brightness, as she crawled along through roots and bushes, and spread out her light among her grass. Every leaf seemed of emerald, every flower was dyed with new glory. It was in vain that she crossed her solitary thickets; but her hopes rose high, when, on reaching her open country, she perceived from afar a brilliancy resembling her own.

"Shall I find my like at last, then?" cried she, and hastened to the spot. The toil of crawling through bog and reeds gave her little thought; for though she liked best to live in dry grassy spots of the mountains, among the clefts of rocks, and for most part fed on spicy herbs, and slaked her thirst with mild dew and fresh spring water, yet for the sake of this dear gold, and in the hope of this glorious light, she would have undertaken anything you could propose to her.

Sehr ermüdet gelangte sie endlich zu einem feuchten Ried, wo unsere beiden Irrlichter hin und wider spielten. Sie schoss auf sie los, begrüßte sie und freute sich, so angenehme Herren von ihrer Verwandtschaft zu finden. Die Lichter strichen an ihr her, hüpften über sie weg und lachten nach ihrer Weise. »Frau Muhme«, sagten sie, »wenn Sie schon von der horizontalen Linie sind, so hat das doch nichts zu bedeuten. Freilich sind wir nur vonseiten des Scheins verwandt, denn sehen Sie nur« – hier machten beide Flammen, indem sie ihre ganze Breite aufopferten, sich so lang und spitz als möglich –, »wie schön uns Herren von der vertikalen Linie diese schlanke Länge kleidet. Nehmen Sie's uns nicht übel, meine Freundin, welche Familie kann sich des rühmen? Solang es Irrlichter gibt, hat noch keines weder gesessen noch gelegen.«

Die Schlange fühlte sich in der Gegenwart dieser Verwandten sehr unbehaglich; denn sie mochte den Kopf so hoch heben, als sie wollte, so fühlte sie doch, dass sie ihn wieder zur Erde biegen musste, um von der Stelle zu kommen, und hatte sie sich vorher im dunkeln Hain außerordentlich wohl gefallen, so schien ihr Glanz in Gegenwart dieser Vettern sich jeden Augenblick zu vermindern, ja sie fürchtete, dass er endlich gar verlöschen werde.

At last, with much fatigue, she reached a wee rushy spot in the swamp, where our two Will-o'-wisps were frisking to and fro. She shoved herself along to them; saluted them, was happy to meet such pleasant gentlemen related to her family. The Lights glided towards her, skipped up over her, and laughed in their fashion. "Lady Cousin," said they, "you are of the horizontal line, yet what of that? It is true we are related only by the look; for, observe you," here both the Flames, compressing their whole breadth, made themselves as high and peaked as possible, "how prettily this taper length beseems us gentlemen of the vertical line! Take it not amiss of us, good Lady; what family can boast of such a thing? Since there ever was a Jack-o'-lantern in the world, no one of them has either sat or lain."

The Snake felt exceedingly uncomfortable in the company of these relations; for, let her hold her head as high as possible, she found that she must bend it to the earth again, would she stir from the spot; and if in the dark thicket she had been extremely satisfied with her appearance, her splendour in the presence of these cousins seemed to lessen every moment, nay she was afraid that at last it would go out entirely.

In dieser Verlegenheit fragte sie eilig, ob die Herren ihr nicht etwa Nachricht geben kőnnten, wo das glänzende Gold herkomme, das vor kurzem in die Felskluft gefallen sei; sie vermute, es sei ein Goldregen, der unmittelbar vom Himmel träufle. Die Irrlichter lachten und schüttelten sich, und es sprangen eine große Menge Goldstücke um

In this embarrassment she hastily asked: If the gentlemen could not inform her, whence the glittering gold came, that had fallen a short while ago into the cleft of the rock; her own opinion was, that it had been a golden shower, and had trickled down direct from the sky. The Will-o'-wisps laughed, and shook themselves, and a multitude of

sie herum. Die Schlange fuhr schnell danach, sie zu verschlingen.

»Lasst es Euch schmecken, Frau Muhme«, sagten die artigen Herren, »wir können noch mit mehr aufwarten.« Sie schüttelten sich noch einige Male mit großer Behendigkeit, sodass die Schlange kaum die kostbare Speise schnell genug hinunterbringen konnte. Sichtlich fing ihr Schein an zu wachsen, und sie leuchtete wirklich aufs Herrlichste, indes die Irrlichter ziemlich mager und klein geworden waren, ohne jedoch von ihrer guten Laune das Mindeste zu verlieren.

»Ich bin euch auf ewig verbunden«, sagte die Schlange, nachdem sie von ihrer Mahlzeit wieder zu Atem gekommen war; »fordert von mir, was ihr wollt! Was in meinen Kräften ist, will ich euch leisten.«

»Recht schön!« riefen die Irrlichter. »Sage, wo wohnt die schöne Lilie? Führe uns so schnell als möglich zum Palast und Garten der schönen Lilie! Wir sterben vor Ungeduld, uns ihr zu Füßen zu werfen.«

»Diesen Dienst«, versetzte die Schlange mit einem tiefen Seufzer, »kann ich euch sogleich nicht leisten. Die schöne Lilie wohnt leider jenseits des Wassers.«

»Jenseits des Wassers! Und wir lassen uns in dieser stürmischen Nacht übersetzen! Wie grausam ist der Fluss, der uns nun

gold-pieces came clinking down about them. The Snake pushed nimbly forwards to eat the coin.

"Much good may it do you, Mistress," said the dapper gentlemen: "We can help you to a little more." They shook themselves again several times with great quickness, so that the Snake could scarcely gulp the precious victuals fast enough. Her splendour visibly began increasing; she was really shining beautifully, while the Lights had in the meantime grown rather lean and short of stature, without however in the smallest losing their good humour.

"I am obliged to you forever," said the Snake, having got her wind again after the repast; "ask of me what you will; all that I can I will do."

"Very good!" cried the Lights. "Then tell us where the fair Lily dwells? Lead us to the fair Lily's palace and garden; and do not lose a moment, we are dying of impatience to fall down at her feet."

"This service," said the Snake with a deep sigh, "I can not now do for you. The fair Lily dwells, alas, on the other side of the water."

"Other side of the water? And we have come across it, this stormy night! How

scheidet! Sollte es nicht möglich sein, den Alten wieder zu errufen?«

»Sie würden sich vergebens bemühen«, versetzte die Schlange; »denn wenn Sie ihn auch selbst an dem diesseitigen Ufer anträfen, so würde er Sie nicht einnehmen; er darf jedermann herüber-, niemanden hinüberbringen.«

»Da haben wir uns schön gebettet! Gibt es denn kein ander Mittel, über das Wasser zu kommen?«

»Noch einige, nur nicht in diesem Augenblick. Ich selbst kann die Herren übersetzen, aber erst in der Mittagsstunde.«

»Das ist eine Zeit, in der wir nicht gerne reisen.«

»So können Sie abends auf dem Schatten des Riesen hinüberfahren.«

»Wie geht das zu?«

»Der große Riese, der nicht weit von hier wohnt, vermag mit seinem Körper nichts; seine Hände heben keinen Strohhalm, seine Schultern würden kein Reisbündel tragen; aber sein Schatten vermag viel, ja alles. Deswegen ist er beim Aufgang und Untergang der Sonne am mächtigsten, und so darf man sich abends nur auf den Nacken seines Schattens setzen; der Riese geht alsdann sachte gegen das Ufer zu, und der Schatten bringt den Wanderer über das Wasser hinüber. Wollen Sie aber um die Mittagszeit sich an jener Waldecke einfinden,

cruel is the River to divide us! Would it not be possible to call the old man back?"

"It would be useless," said the Snake; "for if you found him ready on the bank, he would not take you in; he can carry anyone to this side, none to yonder."

"Here is a pretty kettle of fish!" cried the Lights: "Are there no other means of getting through the water?"

"There are other means, but not at this moment. I myself could take you over, gentlemen, but not till noon."

"That is an hour we do not like to travel in."

"Then you may go across in the evening, on the great Giant's shadow."

"How is that?"

"The great Giant lives not far from this; with his body he has no power; his hands cannot lift a straw, his shoulders could not bear a faggot of twigs; but with his shadow he has power over much, nay all. At sunrise and sunset therefore he is strongest; so at evening you merely put yourself upon the back of his shadow, the Giant walks softly to the bank, and the shadow carries you across the water. But if you please, about the hour of noon, to be in waiting at that corner of the wood where the

wo das Gebüsch dicht ans Ufer stößt, so kann ich Sie übersetzen und der schönen Lilie vorstellen; scheuen Sie hingegen die Mittagshitze, so dürfen Sie nur gegen Abend in jener Felsenbucht den Riesen aufsuchen, der sich gewiss recht gefällig zeigen wird.«

Mit einer leichten Verbeugung entfernten sich die jungen Herren, und die Schlange war zufrieden, von ihnen loszukommen, teils um sich in ihrem eigenen Licht zu erfreuen, teils eine Neugierde zu befriedigen, von der sie schon lange auf eine sonderbare Weise gequält ward.

In den Felsklüften, in denen sie oft hin und wider kroch, hatte sie an einem Ort eine seltsame Entdeckung gemacht. Denn ob sie gleich durch diese Abgründe ohne ein Licht zu kriechen genötigt war, so konnte sie doch durchs Gefühl die Gegenstände recht wohl unterscheiden. Nur unregelmäßige Naturprodukte war sie gewohnt überall zu finden; bald schlang sie sich zwischen den Zacken großer Kristalle hindurch, bald fühlte sie die Haken und Haare des gediegenen Silbers und brachte ein und den anderen Edelstein mit sich ans Licht hervor. Doch hatte sie zu ihrer großen Verwunderung in einem ringsum verschlossenen Felsen Gegenstände gefühlt, welche die

bushes overhang the bank, I myself will take you over and present you to the fair Lily: or on the other hand, if you dislike the noontide, you have just to go at nightfall to that bend of the rocks, and pay a visit to the Giant; he will certainly receive you like a gentleman."

With a slight bow, the Flames went off; and the Snake at bottom was not discontented to get rid of them; partly that she might enjoy the brightness of her own light, partly to satisfy a curiosity with which, for a long time, she had been agitated in a singular way.

In the chasm, where she often crawled hither and thither, she had made a strange discovery. For although in creeping up and down this abyss, she had never had a ray of light, she could well enough discriminate the objects in it, by her sense of touch. Generally she met with nothing but irregular productions of Nature; at one time she would wind between the teeth of large crystals, at another she would feel the barbs and hairs of native silver, and now and then carry out with her to the light some straggling jewels. But to her no small wonder, in a rock which was closed on every side, she had come on certain objects which betrayed

bildende Hand des Menschen verrieten. Glatte Wände, an denen sie nicht aufsteigen konnte, scharfe, regelmäßige Kanten, wohlgebildete Säulen und, was ihr am sonderbarsten vorkam, menschliche Figuren, um die sie sich mehrmals geschlungen hatte und die sie für Erz oder

the shaping hand of man. Smooth walls on which she could not climb, sharp regular corners, well-formed pillars; and what seemed strangest of all: human figures which she had entwined more than once, and which appeared to her to

äußerst polierten Marmor halten musste. Alle diese Erfahrungen wünschte sie noch zuletzt durch den Sinn des Auges zusammenzufassen und das, was sie nur mutmaßte, zu bestätigen. Sie glaubte sich nun fähig, durch ihr eigenes Licht dieses wunderbare unterirdische Gewölbe zu erleuchten, und hoffte, auf einmal mit diesen sonderbaren Gegenständen völlig bekannt zu werden. Sie eilte und fand auf dem gewohnten Wege bald die Ritze, durch die sie in das Heiligtum zu schleichen pflegte.

Als sie sich am Ort befand, sah sie sich mit Neugier um, und obgleich ihr Schein alle Gegenstände der Rotonde nicht erleuchten konnte, so wurden ihr doch die nächsten deutlich genug. Mit Erstaunen und Ehrfurcht sah sie in eine glänzende Nische hinauf, in welcher das Bildnis eines ehrwürdigen Königs in lauterem Golde aufgestellt war. Dem Maß nach war die Bildsäule über Menschengröße, der Gestalt nach aber das Bildnis eher eines kleinen als eines großen Mannes.

Sein wohlgebildeter Körper war mit einem einfachen Mantel umgeben, und ein Eichenkranz hielt seine Haare zusammen.

Kaum hatte die Schlange dieses ehrwürdige Bildnis angeblickt, als der König zu reden anfing und fragte: »Wo kommst du her?«

»Aus den Klüften«, versetzte die Schlange, »in denen das Gold wohnt.«

be of brass, or of the finest polished marble. All these experiences she now wished to combine by the sense of sight, thereby to confirm what as yet she only guessed. She believed she could illuminate the whole of that subterranean vault by her own light; and hoped to get acquainted with these curious things at once. She hastened back; and soon found, by the usual way, the cleft by which she used to penetrate the Sanctuary.

On reaching the place, she gazed around with eager curiosity; and though her shining could not enlighten every object in the rotunda, yet those nearest her were plain enough. With astonishment and reverence she looked up into a glancing niche, where the image of an august King stood formed of pure Gold. In size the figure was beyond the stature of man, but by its shape it seemed the likeness of a little rather than a tall person.

His handsome body was encircled with an unadorned mantle; and a garland of oak bound his hair together.

No sooner had the Snake beheld this reverend figure, than the King began to speak, and asked: "Whence comest thou?"

"From the chasms where the gold dwells," said the Snake.

»Was ist herrlicher als Gold?« fragte der König.

»Das Licht«, antwortete die Schlange.

»Was ist erquicklicher als Licht?« fragte jener.

»Das Gespräch«, antwortete diese.

Sie hatte unter diesen Reden beiseite geschielt und in der nächsten Nische ein

"What is grander than gold?" inquired the King.

"Light," replied the Snake.

"What is more refreshing than light?" said he.

"Speech," answered she.

During this conversation, she had squinted to a side, and in the nearest

anderes herrliches Bild gesehen. In derselben saß ein silberner König, von langer und eher schmächtiger Gestalt; sein Körper war mit einem verzierten Gewand überdeckt, Krone, Gürtel und Zepter mit Edelsteinen geschmückt; er hatte die Heiterkeit des Stolzes in seinem Angesicht und schien eben reden zu wollen, als an der marmornen Wand eine Ader, die dunkelfarbig hindurchlief, auf einmal hell ward und ein angenehmes Licht durch den ganzen Tempel verbreitete.

Bei diesem Licht sah die Schlange den dritten König, der von Erz in mächtiger Gestalt dasaß, sich auf seine Keule lehnte, mit einem Lorbeerkranz geschmückt war und eher einem Felsen als einem Menschen glich. Sie wollte sich nach dem vierten umsehen, der in der größten Entfernung von ihr stand, aber die Mauer öffnete sich, indem die erleuchtete Ader wie ein Blitz zuckte und verschwand.

Ein Mann von mittlerer Größe, der heraustrat, zog die Aufmerksamkeit der Schlange auf sich. Er war als ein Bauer gekleidet und trug eine kleine Lampe in der Hand, in deren stille Flamme man gerne hineinsah und die auf eine wunderbare Weise, ohne auch nur einen Schatten zu werfen, den ganzen Dom erhellte.

»Warum kommst du, da wir Licht haben?«

niche perceived another glorious image. It was a silver King in a sitting posture; his shape was long and rather languid; he was covered with a decorated robe; crown, girdle and sceptre were adorned with precious stones: the cheerfulness of pride was in his countenance; he seemed about to speak, when a vein which ran dimly-coloured over the marble wall, on a sudden became bright, and diffused a cheerful light throughout the whole Temple.

By this brilliancy the Snake perceived a third King, made of Brass, and sitting mighty in shape, leaning on his club, adorned with a laurel garland, and more like a rock than a man. She was looking for the fourth, which was standing at the greatest distance from her; but the wall opened, while the glittering vein started and split, as lightning does, and disappeared.

A Man of middle stature, entering through the cleft, attracted the attention of the Snake. He was dressed like a peasant, and carried in his hand a little Lamp, on whose still flame you liked to look, and which in a strange manner, without casting any shadow, enlightened the whole dome.

fragte der goldene König.

»Ihr wisst, dass ich das Dunkle nicht erleuchten darf.«

»Endigt sich mein Reich?« fragte der silberne König.

»Spät oder nie«, versetzte der Alte.

Mit einer starken Stimme fing der eher-

"Why comest thou, since we have light?" said the golden King."

"You know that I may not enlighten what is dark."

"Will my Kingdom end?" said the silver King.

"Late or never," said the old Man.

ne König an zu fragen: »Wann werde ich aufstehen?«

»Bald«, versetzte der Alte.

»Mit wem soll ich mich verbinden?« fragte der König.

»Mit deinen älteren Brüdern«, sagte der Alte. »

Was wird aus dem jüngsten werden?« fragte der König.

»Er wird sich setzen«, sagte der Alte.

»Ich bin nicht müde«, rief der vierte König mit einer rauen, stotternden Stimme.

Die Schlange war, indessen jene redeten, in dem Tempel leise herumgeschlichen, hatte alles betrachtet und besah nunmehr den vierten König in der Nähe. Er stand an eine Säule gelehnt, und seine ansehnliche Gestalt war eher schwerfällig als schön. Allein das Metall, woraus er gegossen war, konnte man nicht leicht unterscheiden. Genau betrachtet war es eine Mischung der drei Metalle, aus denen seine Brüder gebildet waren. Aber beim Guss schienen diese Materien nicht recht zusammengeschmolzen zu sein; goldene und silberne Adern liefen unregelmäßig durch eine eherne Masse hindurch und gaben dem Bild ein unangenehmes Ansehen.

Indessen sagte der goldene König zum Mann: »Wie viele Geheimnisse weißt du?«

»Drei«, versetzte der Alte.

With a stronger voice the brazen King began to ask: "When shall I arise?"

"Soon," replied the Man.

"With whom shall I combine?" said the King.

"With thy elder brothers," said the Man.

"What will the youngest do?" inquired the King.

"He will sit down," replied the Man.

"I am not tired," cried the fourth King, with a rough faltering voice.

While this speech was going on, the Snake had glided softly round the Temple, viewing everything; she was now looking at the fourth King close by him. He stood leaning on a pillar; his considerable form was heavy rather than beautiful. But what metal it was made of could not be determined. Closely inspected, it seemed a mixture of the three metals which its brothers had been formed of. But in the founding, these materials did not seem to have combined together fully; gold and silver veins ran irregularly through a brazen mass, and gave the figure an unpleasant aspect.

Meanwhile the golden King was asking of the Man, "How many secrets knowest thou?"

»Welches ist das wichtigste?« fragte der silberne König.

»Das offenbare«, versetzte der Alte.

»Willst du es auch uns eröffnen?« fragte der eherne.

»Sobald ich das vierte weiß«, sagte der Alte.

»Was kümmert's mich!« murmelte der zusammengesetzte König vor sich hin.

»Ich weiß das vierte«, sagte die Schlange, näherte sich dem Alten und zischte ihm etwas ins Ohr.

»Es ist an der Zeit!« rief der Alte mit gewaltiger Stimme.

Der Tempel schallte wider, die metallenen Bildsäulen klangen, und in dem Augenblick versank der Alte nach Westen und die Schlange nach Osten, und jedes durchstrich mit großer Schnelle die Klüfte der Felsen.

Alle Gänge, durch die der Alte hindurchwandelte, füllten sich hinter ihm sogleich mit Gold; denn seine Lampe hatte die wunderbare Eigenschaft, alle Steine in Gold, alles Holz in Silber, tote Tiere in Edelsteine zu verwandeln und alle Metalle zu zernichten. Diese Wirkung zu äußern, musste sie aber ganz allein leuchten. Wenn ein ander Licht neben ihr war, wirkte sie nur einen schönen, hellen Schein, und alles Lebendige ward immer durch sie erquickt.

"Three," replied the Man.

"Which is the most important?" said the silver King.

"The open one," replied the other.

"Wilt thou open it to us also?" said the brass King.

"When I know the fourth," replied the Man.

"What care I," grumbled the composite King, in an undertone.

"I know the fourth," said the Snake approached the old Man, and hissed somewhat in his ear.

"The time is at hand!" cried the old Man, with a strong voice.

The temple reechoed, the metal statues sounded; and that instant the old Man sank away to the westward, and the Snake to the eastward; and both of them passed through the clefts of the rock, with the greatest speed. All the passages, through which the old Man travelled, filled themselves, immediately behind him, with gold; for his Lamp had the strange property of changing stone into gold, wood into silver, dead animals into precious stones, and of annihilating all metals. But to display this power, it must shine alone. If another light were beside it, the Lamp only cast from it a pure clear brightness, and all living things were refreshed by it.

Der Alte trat in seine Hütte, die an dem Berg angebaut war, und fand sein Weib in der größten Betrübnis. Sie saß am Feuer und weinte und konnte sich nicht zufriedengeben. »Wie unglücklich bin ich!« rief sie aus; »wollt ich dich heute doch nicht fortlassen!«

»Was gibt es denn?« fragte der Alte ganz ruhig.

»Kaum bist du weg«, sagte sie mit Schluchzen, »so kommen zwei ungestüme Wanderer vor die Tür; unvorsichtig lasse ich sie herein, es schienen ein paar artige, rechtliche Leute; sie waren in leichte Flammen gekleidet, man hätte sie für Irrlichter halten können. Kaum sind sie im Haus, so fangen sie an, auf eine unverschämte Weise mir mit Worten zu schmeicheln, und werden so zudringlich, dass ich mich schäme, daran zu denken.«

»Nun«, versetzte der Mann lächelnd, »die Herren haben wohl gescherzt; denn deinem Alter nach sollten sie es wohl bei der allgemeinen Höflichkeit gelassen haben.«

»Was Alter! Alter!« rief die Frau; »soll ich immer von meinem Alter hören? Wie alt bin ich denn? Gemeine Höflichkeit! Ich weiß doch, was ich weiß. Und sieh dich nur um, wie die Wände aussehen; sieh nur die alten Steine, die ich seit hundert Jahren nicht mehr gesehen habe: Alles Gold haben sie heruntergeleckt, du glaubst nicht, mit welcher Behendigkeit, und sie versicherten

The old Man entered his cottage, which was built on the slope of the hill. He found his Wife in extreme distress. She was sitting at the fire weeping, and refusing to be consoled. "How unhappy am I!" cried she: "Did not I entreat thee not to go away tonight?"

"What is the matter, then?" inquired the husband, quite composed.

"Scarcely wert thou gone," said she, sobbing, "when there came two noisy Travellers to the door: unthinkingly I let them in; they seemed to be a couple of genteel, very honourable people; they were dressed in flames, you would have taken them for Will-o'-wisps. But no sooner were they in the house, than they began, like impudent varlets, to compliment me, and grew so forward that I feel ashamed to think of it."

"No doubt," said the husband with a smile, "the gentlemen were jesting: considering thy age, they might have held by general politeness."

"Age! What age?" cried the Wife: "Wilt thou always be talking of my age? How old am I, then? General politeness! But I know what I know. Look around there what a face the walls have; look at the old stones, which I have not seen these hundred years; every film of gold have they licked away,

immer, es schmecke viel besser als gemeines
Gold. Als sie die Wände reingefegt hatten,
schienen sie sehr guten Mutes, und gewiss,
sie waren auch in kurzer Zeit sehr viel größer, breiter und glänzender geworden. Nun
fingen sie ihren Mutwillen von neuem an,
streichelten mich wieder, hießen mich ihre
Königin, schüttelten sich, und eine Menge

thou couldst not think how fast; and still
they kept assuring me that it tasted far
beyond common gold. Once they had swept
the walls, the fellows seemed to be in high
spirits, and truly in that little while they had
grown much broader and brighter. They
now began to be impertinent again, they
patted me, and called me their queen, they

Goldstücke sprangen herum; du siehst noch, wie sie dort unter der Bank leuchten. Aber welch ein Unglück! Unser Mops fraß einige davon, und sieh, da liegt er am Kamine tot. Das arme Tier! Ich kann mich nicht zufriedengeben. Ich sah es erst, da sie fort waren, denn sonst hätte ich nicht versprochen, ihre Schuld beim Fährmann abzutragen.«

»Was sind sie schuldig?« fragte der Alte.

»Drei Kohlhäupter«, sagte die Frau, »drei Artischocken und drei Zwiebeln; wenn es Tag wird, habe ich versprochen, sie an den Fluss zu tragen.«

»Du kannst ihnen den Gefallen tun«, sagte der Alte; »denn sie werden uns gelegentlich auch wieder dienen.«

»Ob sie uns dienen werden, weiß ich nicht, aber versprochen und beteuert haben sie es.«

Indessen war das Feuer im Kamin zusammengebrannt; der Alte überzog die Kohlen mit viel Asche, schaffte die leuchtenden Goldstücke beiseite, und nun leuchtete sein Lämpchen wieder allein, im schönsten Glanz, die Mauern überzogen sich mit Gold, und der Mops war zu dem schönsten Onyx geworden, den man sich denken konnte. Die Abwechslung der braunen und schwarzen Farbe des kostbaren Gesteins machte ihn zum seltensten Kunstwerk.

shook themselves, and a shower of gold-pieces sprang from them; see how they are shining under the bench! But ah, what misery! Poor Mops ate a coin or two; and look, he is lying in the chimney, dead. Poor Pug. O well-a-day! I did not see it till they were gone; else I had never promised to pay the Ferryman the debt they owe him.”

“What do they owe him?” said the Man.

“Three Cabbages,” replied the Wife, “three Artichokes and three Onions: I engaged to go when it was day, and take them to the River.”

“Thou mayest do them that civility,” said the old Man; “they may chance to be of use to us again.”

“Whether they will be of use to us I know not; but they promised and vowed that they would.”

Meantime the fire on the hearth had burnt low; the old Man covered-up the embers with a heap of ashes, and put the glittering gold-pieces aside; so that his little Lamp now gleamed alone, in the fairest brightness.

The walls again coated themselves with gold, and Mops changed into the prettiest onyx that could be imagined. The alternation of the brown and black in this precious stone made it the most curious piece of workmanship.

»Nimm deinen Korb«, sagte der Alte, »und stelle den Onyx hinein; alsdann nimm die drei Kohlhäupter, die drei Artischocken und die drei Zwiebeln, lege sie umher und trage sie zum Fluss. Gegen Mittag lass dich von der Schlange übersetzen und besuche die schöne Lilie, bring ihr den Onyx! Sie wird ihn durch ihre Berührung lebendig machen, wie sie alles Lebendige durch ihre Berührung tötet; sie wird einen treuen Gefährten an ihm haben. Sage ihr, sie solle nicht trauern, ihre Erlösung sei nahe, das größte Unglück könne sie als das größte Glück betrachten, denn es sei an der Zeit.«

Die Alte packte ihren Korb und machte sich, als es Tag war, auf den Weg. Die aufgehende Sonne schien hell über den Fluss herüber, der in der Ferne glänzte; das Weib ging mit langsamem Schritt, denn der Korb drückte sie aufs Haupt, und es war doch nicht der Onyx, der so lastete. Alles Tote, was sie trug, fühlte sie nicht; vielmehr hob sich alsdann der Korb in die Höhe und schwebte über ihrem Haupt. Aber ein frisches Gemüse oder ein kleines lebendiges Tier zu tragen war ihr äußerst beschwerlich.

Verdrießlich war sie eine Zeitlang hingegangen, als sie auf einmal erschreckt still stand; denn sie hätte beinahe auf den Schatten des Riesen getreten, der sich über

"Take thy basket," said the old Man, "and put the onyx into it; then take the three Cabbages, the three Artichokes and the three Onions; place them round little Mops, and carry them to the River. At noon the Snake will take thee over; visit the fair Lily, give her the onyx, she will make it alive by her touch, as by her touch she kills whatever is alive already. She will have a true companion in the little dog. Tell her, not to mourn; her deliverance is near; the greatest misfortune she may look upon as the greatest happiness; for the time is at hand."

The old Woman filled her basket, and set out as soon as it was day. The rising sun shone clear from the other side of the River, which was glittering in the distance; the old Woman walked with slow steps, for the basket pressed upon her head, and it was not the onyx that so burdened her. Whatever lifeless thing she might be carrying, she did not feel the weight of it; on the other hand, in those cases the basket rose aloft, and hovered above her head. But to carry any fresh herbage, or any little living animal, she found exceedingly laborious.

She had travelled on for some time, in a sullen humour, when she halted suddenly in fright, for she had almost trod upon the Giant's shadow which was stretching

die Ebene bis zu ihr hin erstreckte. Und nun sah sie erst den gewaltigen Riesen, der sich im Fluss gebadet hatte, aus dem Wasser heraussteigen, und sie wusste nicht, wie sie ihm ausweichen sollte. Sobald er sie gewahr ward, fing er an, sie scherzhaft zu begrüßen, und die Hände seines Schattens griffen sogleich in den Korb. Mit Leichtigkeit und Geschicklichkeit nahmen sie ein Kohlhaupt, eine Artischocke und eine Zwiebel heraus und brachten sie dem Riesen zum Mund, der sodann weiter den Fluss hinaufging und dem Weib den Weg frei ließ.

Sie bedachte, ob sie nicht lieber zurückgehen und die fehlenden Stücke aus ihrem Garten wieder ersetzen sollte, und ging unter diesen Zweifeln immer weiter vorwärts, sodass sie bald am Ufer des Flusses ankam. Lange saß sie in Erwartung des Fährmanns, den sie endlich mit einem sonderbaren Reisenden herüberschiffen sah. Ein junger, edler, schöner Mann, den sie nicht genug ansehen konnte, stieg aus dem Kahn.

»Was bringt Ihr?« rief der Alte.

»Es ist das Gemüse, das Euch die Irrlichter schuldig sind«, versetzte die Frau und wies ihre Ware hin. Als der Alte von jeder Sorte nur zwei fand, ward er verdrießlich und versicherte, dass er sie nicht annehmen könne. Die Frau bat ihn inständig, erzählte

towards her across the plain. And now, lifting up her eyes, she saw the monster of a Giant himself, who had been bathing in the River, and was just come out, and she knew not how she should avoid him. The moment he perceived her, he began saluting her in sport, and the hands of his shadow soon caught hold of the basket. With dexterous ease they picked away from it a Cabbage, an Artichoke and an Onion, and brought them to the Giant's mouth, who then went his way up the River, and let the Woman go in peace.

She considered whether it would not be better to return, and supply from her garden the pieces she had lost; and amid these doubts, she still kept walking on, so that in a little while she was at the bank of the River. She sat long waiting for the Ferryman, whom she perceived at last, steering over with a very singular traveller. A young, noble-looking, handsome man, whom she could not gaze upon enough, stept out of the boat.

"What is it you bring?" cried the old Man.

"The greens which those two Will-o'-wisps owe you," said the Woman, pointing to her ware. As the Ferryman found only two of each sort, he grew angry, and declared he would have none of them. The

ihm, dass sie jetzt nicht nach Hause gehen könne und dass ihr die Last auf dem Weg, den sie vor sich habe, beschwerlich sei. Er blieb bei seiner abschlägigen Antwort, indem er ihr versicherte, dass es nicht einmal von ihm abhänge. »Was mir gebührt, muss ich neun Stunden zusammen lassen, und ich darf nichts annehmen, bis ich dem Fluss ein Dritteil übergeben habe.«

Woman earnestly entreated him to take them; told him that she could not now go home, and that her burden for the way which still remained was very heavy. He stood by his refusal, and assured her that it did not rest with him. "What belongs to me," said he, "I must leave lying nine hours in a heap, touching none of it, till I have given the River its third."

Nach vielem Hin- und Widerreden versetzte endlich der Alte: »Es ist noch ein Mittel. Wenn Ihr Euch gegen den Fluss verbürgt und Euch als Schuldnerin bekennen wollt, so nehme ich die sechs Stücke zu mir, es ist aber einige Gefahr dabei.«

»Wenn ich mein Wort halte, so laufe ich doch keine Gefahr?«

»Nicht die geringste. Steckt Eure Hand in den Fluss«, fuhr der Alte fort, »und versprecht, dass Ihr in vierundzwanzig Stunden die Schuld abtragen wollt.«

Die Alte tat's; aber wie erschrak sie nicht, als sie ihre Hand kohlschwarz wieder aus dem Wasser zog! Sie schalt heftig auf den Alten, versicherte, dass ihre Hände immer das Schönste an ihr gewesen wären und dass sie ungeachtet der harten Arbeit diese edlen Glieder weiß und zierlich zu erhalten gewusst habe. Sie besah die Hand mit großem Verdruss und rief verzweiflungsvoll aus: »Das ist noch schlimmer! Ich sehe, sie ist gar geschwunden, sie ist viel kleiner als die andere.«

»Jetzt scheint es nur so«, sagte der Alte; »wenn Ihr aber nicht Wort haltet, kann es wahr werden. Die Hand wird nach und nach schwinden und endlich ganz verschwinden, ohne dass Ihr den Gebrauch derselben entbehrt. Ihr werdet alles damit verrichten können, nur dass sie niemand sehen wird.«

After much higgling, the old Man at last replied: "There is still another way. If you like to pledge yourself to the River, and declare yourself its debtor, I will take the six pieces; but there is some risk in it."

"If I keep my word, I shall run no risk?"

"Not the smallest. Put your hand into the stream," continued he, "and promise that within four-and-twenty hours you will pay the debt."

The old Woman did so; but what was her affright, when on drawing out her hand, she found it black as coal! She loudly scolded the old Ferryman; declared that her hands had always been the fairest part of her; that in spite of her hard work, she had all along contrived to keep these noble members white and dainty. She looked at the hand with indignation, and exclaimed in a despairing tone: "Worse and worse! Look, it is vanishing entirely; it is grown far smaller than the other."

"For the present it but seems so," said the old Man; "if you do not keep your word, however, it may prove so in earnest. The hand will gradually diminish, and at length disappear altogether, though you have the use of it as formerly. Everything as usual you will be able to perform with it, only nobody will see it."

»Ich wollte lieber, ich könnte sie nicht brauchen und man sähe mir's nicht an«, sagte die Alte; »indessen hat das nichts zu bedeuten, ich werde mein Wort halten, um diese schwarze Haut und diese Sorge bald loszuwerden.«

Eilig nahm sie darauf den Korb, der sich von selbst über ihren Scheitel erhob und frei in die Höhe schwebte, und eilte dem jungen Mann nach, der sachte und in Gedanken am Ufer hinging. Seine herrliche Gestalt und sein sonderbarer Anzug hatten sich der Alten tief eingedrückt.

Seine Brust war mit einem glänzenden Harnisch bedeckt, durch den alle Teile seines schönen Leibes sich durchbewegten. Um seine Schultern hing ein Purpurmantel, um sein unbedecktes Haupt wallten braune Haare in schönen Locken; sein holdes Gesicht war den Strahlen der Sonne ausgesetzt so wie seine schön gebauten Füße. Mit nackten Sohlen ging er gelassen über den heißen Sand hin, und ein tiefer Schmerz schien alle äußeren Eindrücke abzustumpfen.

Die gesprächige Alte suchte ihn zu einer Unterredung zu bringen; allein er gab ihr mit kurzen Worten wenig Bescheid, sodass sie endlich ungeachtet seiner schönen Augen müde ward, ihn immer vergebens anzureden, von ihm Abschied nahm und sagte:

"I had rather that I could not use it, and no one could observe the want," cried she: "but what of that, I will keep my word, and rid myself of this black skin, and all anxieties about it."

Thereupon she hastily took up her basket, which mounted of itself over her head, and hovered free above her in the air, as she hurried after the Youth, who was walking softly and thoughtfully down the bank. His noble form and strange dress had made a deep impression on her.

His breast was covered with a glittering coat of mail, in whose wavings might be traced every motion of his fair body. From his shoulders hung a purple cloak; around his uncovered head flowed abundant brown hair in beautiful locks: his graceful face, and his well-formed feet were exposed to the scorching of the sun. With bare soles, he walked composedly over the hot sand; and a deep inward sorrow seemed to blunt him against all external things.

The garrulous old Woman tried to lead him into conversation; but with his short answers he gave her small encouragement or information; so that in the end, notwithstanding the beauty of his eyes, she grew tired of speaking with him to

»Ihr geht mir zu langsam, mein Herr, ich darf den Augenblick nicht versäumen, um über die grüne Schlange den Fluss zu passieren und der schönen Lilie das vortreffliche Geschenk von meinem Mann zu überbringen.«

Mit diesen Worten schritt sie eilends fort, und ebenso schnell ermannte sich der schöne Jüngling und eilte ihr auf dem Fuße nach. »Ihr geht zur schönen Lilie!« rief er aus; »da gehen wir einen Weg. Was ist das für ein Geschenk, das Ihr tragt?«

»Mein Herr«, versetzte die Frau dagegen, »es ist nicht billig, nachdem Ihr meine Fragen so einsilbig abgelehnt habt, Euch mit solcher Lebhaftigkeit nach meinen Geheimnissen zu erkundigen. Wollt Ihr aber einen Tausch eingehen und mir Eure Schicksale erzählen, so will ich Euch nicht verbergen, wie es mit mir und meinem Geschenk steht.«

Sie wurden bald einig; die Frau vertraute ihm ihre Verhältnisse, die Geschichte des Hundes und ließ ihn dabei das wundervolle Geschenk betrachten.

Er hob sogleich das natürliche Kunstwerk aus dem Korb und nahm den Mops, der sanft zu ruhen schien, in seine Arme. »Glückliches Tier!« rief er aus; »du wirst von ihren Händen berührt, du wirst von ihr belebt werden, anstatt dass Lebendige vor ihr fliehen, um nicht ein trauriges Schicksal zu erfahren. Doch was

no purpose, and took leave of him with these words: "You walk too slow for me, worthy sir; I must not lose a moment, for I have to pass the River on the green Snake, and carry this fine present from my husband to the fair Lily."

So saying she stept faster forward; but the fair Youth pushed on with equal speed, and hastened to keep up with her. "You are going to the fair Lily!" cried he; "then our roads are the same. But what present is this you are bringing her?"

"Sir," said the Woman, "it is hardly fair, after so briefly dismissing the questions I put to you, to inquire with such vivacity about my secrets. But if you like to barter, and tell me your adventures, I will not conceal from you how it stands with me and my presents."

They soon made a bargain: the dame disclosed her circumstances to him; told the history of the Pug, and let him see the singular gift.

He lifted this natural curiosity from the basket, and took Mops, who seemed as if sleeping softly, into his arms. "Happy beast!" cried he; "thou wilt be touched by her hands, thou wilt be made alive by her; while the living are obliged to fly from her presence to escape a mournful doom. Yet

sage ich ›traurig‹! Ist es nicht viel betrübter und bänglicher, durch ihre Gegenwart gelähmt zu werden, als es sein würde, von ihrer Hand zu sterben? Sieh mich an«, sagte er zu der Alten; »in meinen Jahren, welch einen elenden Zustand muss ich erdulden. Diesen Harnisch, den ich mit Ehren im Kriege getragen, diesen Purpur, den ich durch eine weise Regierung zu verdienen suchte, hat mir das Schicksal gelassen, jenen als eine unnötige Last, diesen als eine unbedeutende Zierde. Krone, Zepter und Schwert sind hinweg, ich bin übrigens so nackt und bedürftig als jeder andere Erdensohn, denn so unselig wirken ihre schönen blauen Augen, dass sie allen lebendigen Wesen ihre Kraft nehmen und dass diejenigen, die ihre berührende Hand nicht tötet, sich in den Zustand lebendig wandelnder Schatten versetzt fühlen.«

So fuhr er fort zu klagen und befriedigte die Neugierde der Alten keineswegs, welche nicht sowohl von seinem innern als von seinem äußern Zustand unterrichtet sein wollte. Sie erfuhr weder den Namen seines Vaters noch seines Königreichs. Er streichelte den harten Mops, den die Sonnenstrahlen und der warme Busen des Jünglings, als wenn er lebte, erwärmt hatten. Er fragte viel nach dem Mann mit der Lampe, nach den Wirkungen des heiligen Lichts und schien sich davon für seinen traurigen Zustand künftig viel Gutes zu versprechen.

why say I mournful? Is it not far sadder and more frightful to be injured by her look, than it would be to die by her hand? Behold me," said he to the Woman; "at my years, what a miserable fate have I to undergo! This mail which I have honourably borne in war, this purple which I sought to merit by a wise reign, Destiny has left me; the one as a useless burden, the other as an empty ornament. Crown, and sceptre, and sword are gone; and I am as bare and needy as any other son of earth; for so unblessed are her bright eyes, that they take from every living creature they look on all its force, and those whom the touch of her hand does not kill are changed to the state of shadows wandering alive."

Thus did he continue to bewail, nowise contenting the old Woman's curiosity, who wished for information not so much of his internal as of his external situation. She learned neither the name of his father, nor of his kingdom. He stroked the hard Mops, whom the sunbeams and the bosom of the youth had warmed as if he had been living. He inquired narrowly about the Man with the Lamp, about the influences of the sacred light, appearing to expect much good from it in his melancholy case.

Unter diesen Gesprächen sahen sie von ferne den majestätischen Bogen der Brücke, der von einem Ufer zum anderen hinüberreichte, im Glanz der Sonne auf das Wunderbarste schimmern. Beide erstaunten, denn sie hatten dieses Gebäude noch nie so herrlich gesehen.

»Wie!« rief der Prinz; »war sie nicht schon schön genug, als sie vor unseren Augen wie von Jaspis und Prasem gebaut dastand? Muss man nicht fürchten, sie zu betreten, da sie aus Smaragd, Chrysopras und Chrysolith mit der anmutigsten Mannigfaltigkeit zusammengesetzt erscheint?«

Beide wussten nicht die Veränderung, die mit der Schlange vorgegangen war; denn die Schlange war es, die sich jeden Mittag über den Fluss hinüberbäumte und in Gestalt einer kühnen Brücke dastand. Die Wanderer betraten sie mit Ehrfurcht und gingen schweigend hinüber.

Sie waren kaum am jenseitigen Ufer, als die Brücke sich zu schwingen und zu bewegen anfing, in Kurzem die Oberfläche des Wassers berührte und die grüne Schlange in ihrer eigentümlichen Gestalt den Wanderern auf dem Wege nachgleitete. Beide hatten kaum für die Erlaubnis, auf ihrem Rücken über den Fluss zu setzen, gedankt, als sie bemerkten, dass außer ihnen dreien noch mehrere Personen in

Amid such conversation, they descried from afar the majestic arch of the Bridge, which extended from the one bank to the other, glittering with the strangest colours in the splendours of the sun. Both were astonished; for until now they had never seen this edifice so grand.

"How!" cried the Prince, "was it not beautiful enough, as it stood before our eyes, piled out of jasper and agate? Shall we not fear to tread it, now that it appears combined, in graceful complexity of emerald and chrysopras and chrysolite?"

Neither of them knew the alteration that had taken place upon the Snake: For it was indeed the Snake, who every day at noon curved herself over the River, and stood forth in the form of a bold-swelling bridge. The travellers stept upon it with a reverential feeling, and passed over it in silence.

No sooner had they reached the other shore, than the bridge began to heave and stir; in a little while, it touched the surface of the water, and the green Snake in her proper form came gliding after the wanderers. They had scarcely thanked her for the privilege of crossing on her back, when they found that, besides them three, there must be other persons in the

der Gesellschaft sein müssten, die sie jedoch mit ihren Augen nicht erblicken konnten. Sie hórten neben sich ein Gezisch, dem die Schlange gleichfalls mit einem Gezisch antwortete; sie horchten auf und konnten endlich Folgendes vernehmen: »Wir werden«, sagten ein paar wechselnde Stimmen, »uns erst inkognito in dem Park der schónen Lilie umsehen und ersuchen Euch, uns

company, whom their eyes could not discern. They heard a hissing, which the Snake also answered with a hissing; they listened, and at length caught what follows: "We shall first look about us in the fair Lily's Park," said a pair of alternating voices; "and then request you at nightfall, so soon as we are anywise

31

mit Anbruch der Nacht, sobald wir nur irgend präsentabel sind, der vollkommenen Schönheit vorzustellen. Am Rand des großen Sees werdet Ihr uns antreffen.«

»Es bleibt dabei«, antwortete die Schlange, und ein zischender Laut verlor sich in der Luft.

Unsere drei Wanderer beredeten sich nunmehr, in welcher Ordnung sie bei der Schönen vortreten wollten; denn soviel Personen auch um sie sein konnten, so durften sie doch nur einzeln kommen und gehen, wenn sie nicht empfindliche Schmerzen erdulden sollten.

Das Weib mit dem verwandelten Hund im Korb nahte sich zuerst dem Garten und suchte ihre Gönnerin auf, die leicht zu finden war, weil sie eben zur Harfe sang; die lieblichen Töne zeigten sich erst als Ringe auf der Oberfläche des stillen Sees, dann wie ein leichter Hauch setzten sie Gras und Büsche in Bewegung. Auf einem eingeschlossenen grünen Platz, in dem Schatten einer herrlichen Gruppe mannigfaltiger Bäume, saß sie und bezauberte beim ersten Anblick aufs neue die Augen, das Ohr und das Herz des Weibes, das sich ihr mit Entzücken näherte und bei sich selbst schwor, die Schöne sei während ihrer Abwesenheit nur immer schöner geworden.

presentable, to introduce us to this paragon of beauty. At the shore of the great Lake you will find us."

"Be it so," replied the Snake; and a hissing sound died away in the air.

Our three travellers now consulted in what order they should introduce themselves to the fair Lady; for however many people might be in her company, they were obliged to enter and depart singly, under pain of suffering very hard severities.

The Woman with the metamorphosed Pug in the basket first approached the garden, looking round for her Patroness, who was not difficult to find, being just engaged in singing to her harp. The finest tones proceeded from her, first like circles on the surface of the still lake, then like a light breath they set the grass and the bushes in motion. In a green enclosure, under the shadow of a stately group of many diverse trees, was she seated; and again did she enchant the eyes, the ears and the heart of the Woman, who approached with rapture, and swore within herself that since she saw her last, the fair one had grown fairer than ever.

Schon von
weitem rief die
gute Frau dem
liebenswürdigs-
ten Mädchen
Gruß und Lob zu:
»Welch ein Glück,
Euch anzusehen!
Welch einen
Himmel verbrei-
tet Eure Gegen-
wart um Euch
her! Wie die
Harfe so reizend
in Eurem Schoß
lehnt, wie Eure
Arme sie so sanft
umgeben, wie sie
sich nach Eurer
Brust zu sehnen
scheint und wie
sie unter der
Berührung Eurer
schlanken Finger
so zärtlich klingt!
Dreifach glück-
licher Jüngling,
der du ihren
Platz einnehmen
konntest!«

With eager
gladness, from
a distance, she
expressed her
reverence and
admiration
for the lovely
maiden. "What
a happiness to
see you! What
a Heaven does
your presence
spread around
you! How
charmingly the
harp is leaning
on your bosom,
how softly your
arms surround
it, how it seems
as if longing to
be near you, and
how it sounds
so meekly under
the touch of your
slim fingers!
Thrice-happy
youth, to whom
it were permit-
ted to be there!"

Unter diesen Worten war sie näher gekommen; die schöne Lilie schlug die Augen auf, ließ die Hände sinken und versetzte: »Betrübe mich nicht durch ein unzeitiges Lob! Ich empfinde nur desto stärker mein Unglück. Sieh, hier zu meinen Füßen liegt der arme Kanarienvogel tot, der sonst meine Lieder auf das Angenehmste begleitete; er war gewöhnt, auf meiner Harfe zu sitzen, und sorgfältig abgerichtet, mich nicht zu berühren; heute, indem ich vom Schlaf erquickt ein ruhiges Morgenlied anstimme und mein kleiner Sänger munterer als jemals seine harmonischen Töne hören lässt, schießt ein Habicht über meinem Haupt hin; das arme kleine Tier, erschrocken, flüchtet in meinen Busen, und in dem Augenblick fühle ich die letzten Zuckungen seines scheidenden Lebens. Zwar, von meinem Blick getroffen, schleicht der Räuber dort ohnmächtig am Wasser hin, aber was kann mir seine Strafe helfen! Mein Liebling ist tot, und sein Grab wird nur das traurige Gebüsch meines Gartens vermehren.«

»Ermannt Euch, schöne Lilie!« rief die Frau, indem sie selbst eine Träne abtrocknete, welche ihr die Erzählung des unglücklichen Mädchens aus den Augen gelockt hatte; »nehmt Euch zusammen! Mein Alter lässt Euch sagen, Ihr sollt Eure Trauer mäßigen, das größte Unglück als Vorbote des größten Glücks ansehen; denn es sei an der Zeit. Und wahr-

So speaking she approached; the fair Lily raised her eyes; let her hands drop from the harp, and answered: "Trouble me not with untimely praise; I feel my misery but the more deeply. Look here, at my feet lies the poor Canary-bird, which used so beautifully to accompany my singing; it would sit upon my harp, and was trained not to touch me; but today, while I, refreshed by sleep, was raising a peaceful morning hymn, and my little singer was pouring forth his harmonious tones more gaily than ever, a Hawk darts over my head; the poor little creature, in affright, takes refuge in my bosom, and I feel the last palpitations of its departing life. The plundering Hawk indeed was caught by my look, and fluttered fainting down into the water; but what can his punishment avail me? My darling is dead, and his grave will but increase the mournful bushes of my garden."

"Take courage, fairest Lily!" cried the Woman, wiping off a tear, which the story of the hapless maiden had called into her eyes; "compose yourself; my old man bids me tell you to moderate your lamenting, to look upon the greatest misfortune as a forerunner of the greatest happiness, for the time is at hand; and

haftig«, fuhr die Alte fort, »es geht bunt in der Welt zu. Seht nur meine Hand, wie sie schwarz geworden ist! Wahrhaftig, sie ist schon um vieles kleiner, ich muss eilen, eh sie gar verschwindet! Warum musste ich den Irrlichtern eine Gefälligkeit erzeigen, warum musste ich dem Riesen begegnen und warum meine Hand in den Fluss tauchen? Könnt Ihr mir nicht ein Kohlhaupt, eine Artischocke und eine Zwiebel geben? So bringe ich sie dem Fluss, und meine Hand ist weiß wie vorher, sodass ich sie fast neben die Eurige halten könnte.«

»Kohlhäupter und Zwiebeln könntest du allenfalls noch finden, aber Artischocken suchst du vergebens. Alle Pflanzen in meinem großen Garten tragen weder Blüten noch Früchte; aber jedes Reis, das ich breche und auf das Grab eines Lieblings pflanze, grünt sogleich und schießt hoch auf. Alle diese Gruppen, diese Büsche, diese Haine habe ich leider wachsen sehen. Die Schirme dieser Pinien, die Obelisken dieser Zypressen, die Kolosse von Eichen und Buchen, alles waren kleine Reiser, als ein trauriges Denkmal von meiner Hand in einen sonst unfruchtbaren Boden gepflanzt.«

Die Alte hatte auf diese Rede wenig achtgegeben und nur ihre Hand betrachtet, die in der Gegenwart der schönen Lilie immer schwärzer und von Minute zu Minute kleiner

truly," continued she, "the world is going strangely on of late. Do but look at my hand, how black it is! As I live and breathe, it is grown far smaller: I must hasten, before it vanishes altogether! Why did I engage to do the Will-o'-wisps a service, why did I meet the Giant's shadow, and dip my hand in the River? Could you not afford me a single cabbage, an artichoke and an onion? I would give them to the River, and my hand were white as ever, so that I could almost show it with one of yours."

"Cabbages and onions thou mayest still find; but artichokes thou wilt search for in vain. No plant in my garden bears either flowers or fruit; but every twig that I break, and plant upon the grave of a favourite, grows green straightway, and shoots up in fair boughs. All these groups, these bushes, these groves my hard destiny has so raised around me. These pines stretching out like parasols, these obelisks of cypresses, these colossal oaks and beeches, were all little twigs planted by my hand, as mournful memorials in a soil that otherwise is barren."

To this speech the old Woman had paid little heed; she was looking at her hand, which, in presence of the fair Lily, seemed every moment growing blacker and smaller.

zu werden schien. Sie wollte ihren Korb neh- men und eben forteilen, als sie fühlte, dass sie das Beste vergessen hatte.

Sie hob sogleich den verwandelten Hund heraus und setzte ihn nicht weit von der Schönen ins Gras. »Mein Mann«, sagte sie, »schickt Euch dieses Andenken; Ihr wisst, dass Ihr diesen Edelstein durch Eure Berührung beleben könnt. Das artige, treue Tier wird Euch gewiss viel Freude machen, und die Betrübnis, dass ich ihn verliere, kann nur durch den Gedanken aufgeheitert werden, dass Ihr ihn besitzt.«

Die schöne Lilie sah das artige Tier mit Vergnügen und, wie es schien, mit Verwun- derung an. »Es kommen viele Zeichen zu- sammen«, sagte sie, »die mir einige Hoffnung einflößen; aber ach! Ist es nicht bloß ein Wahn unsrer Natur, dass wir dann, wenn vieles Un- glück zusammentrifft, uns vorbilden, das Beste sei nah?
Was helfen mir die vielen guten Zeichen
Des Vogels Tod, der Freundin schwarze Hand?
Der Mops von Edelstein, hat er wohl
       (seinesgleichen?
Und hat ihn nicht die Lampe mir gesandt?
Entfernt vom süßen menschlichen Genusse,
Bin ich doch mit dem Jammer nur vertraut.
Ach! Warum steht der Tempel nicht am Flusse!
Ach! Warum ist die Brücke nicht gebaut!«

She was about to snatch her basket and hasten off, when she noticed that the best part of her errand had been forgot- ten.

She lifted out the onyx Pug, and set him down, not far from the fair one, in the grass. "My husband," said she, "sends you this memorial; you know that you can make a jewel live by touching it. This pretty faithful dog will certainly af- ford you much enjoyment; and my grief at losing him is brightened only by the thought that he will be in your posses- sion."

The fair Lily viewed the dainty crea- ture with a pleased and, as it seemed, with an astonished look. "Many signs combine," said she, "that breathe some hope into me: but ah! is it not a natural deception which makes us fancy, when misfortunes crowd upon us, that a better day is near?
What can these many signs avail me?
My Singer's Death, thy coal black Hand?
This Dog of Onyx, that can never fail me?
And coming at the Lamp's command?
From human joys removed forever,
With sorrows compassed round I sit:
Is there a Temple at the River?
Is there a Bridge? Alas, not yet!"

Ungeduldig hatte die gute Frau diesem Gesang zugehört, den die schöne Lilie mit den angenehmen Tönen ihrer Harfe begleitete und der jeden anderen entzückt hätte. Eben wollte sie sich beurlauben, als sie durch die Ankunft der grünen Schlange abermals abgehalten wurde. Diese hatte die letzten Zeilen des Liedes gehört und sprach deshalb der schönen Lilie sogleich zuversichtlich Mut ein. »Die Weissagung von der Brücke ist erfüllt!« rief sie aus; »fragt nur diese gute Frau, wie herrlich der Bogen gegenwärtig erscheint. Was sonst undurchsichtiger Jaspis, was nur Prasem war, durch den das Licht höchstens auf den Kanten durchschimmerte, ist nun durchsichtiger Edelstein geworden. Kein Beryll ist so klar und kein Smaragd so schönfarbig.«

»Ich wünsche Euch Glück dazu«, sagte Lilie, »allein verzeiht mir, wenn ich die Weissagung noch nicht erfüllt glaube. Über den hohen Bogen Eurer Brücke können nur Fußgänger hinüberschreiten, und es ist uns versprochen, dass Pferde und Wagen und Reisende aller Art zu gleicher Zeit über die Brücke herüber- und hinüberwandern sollen. Ist nicht von den großen Pfeilern geweissagt, die aus dem Fluss selbst heraussteigen werden?«

Die Alte hatte ihre Augen immer auf die Hand geheftet, unterbrach hier das Gespräch und empfahl sich.

The good old dame had listened with impatience to this singing, which the fair Lily accompanied with her harp, in a way that would have charmed any other. She was on the point of taking leave, when the arrival of the green Snake again detained her. The Snake had caught the last lines of the song, and on this matter forthwith began to speak comfort to the fair Lily. "The prophecy of the Bridge is fulfilled" cried the Snake: "You may ask this worthy dame how royally the arch looks now. What formerly was untransparent jasper or agate, allowing but a gleam of light to pass about its edges, is now become transparent precious stone. No beryl is so clear, no emerald so beautiful of hue."

"I wish you joy of it," said Lily; "but you will pardon me if I regard the prophecy as yet unaccomplished. The lofty arch of your bridge can still but admit foot passengers; and it is promised us that horses and carriages and travellers of every sort shall, at the same moment, cross this bridge in both directions. Is there not something said, too, about pillars, which are to arise of themselves from the waters of the River?"

The old Woman still kept her eyes fixed on her hand; she here interrupted their dialogue, and was taking leave.

»Verweilt noch einen Augenblick«, sagte die schöne Lilie, »und nehmt meinen armen Kanarienvogel mit. Bittet die Lampe, dass sie ihn in einen schönen Topas verwandle; ich will ihn durch meine Berührung beleben, und er, mit Eurem guten Mops, soll mein bester Zeitvertreib sein. Aber eilt, was Ihr könnt! Denn mit dem Sonnenuntergang ergreift unleidliche Fäulnis das arme Tier und zerreißt den schönen Zusammenhang seiner Gestalt auf ewig.«

Die Alte legte den kleinen Leichnam zwischen zarte Blätter in den Korb und eilte davon.

»Wie dem auch sei«, sagte die Schlange, indem sie das abgebrochene Gespräch fortsetzte, »der Tempel ist erbauet.«

»Er steht aber noch nicht am Fluss«, versetzte die Schöne.

»Noch ruht er in den Tiefen der Erde«, sagte die Schlange; »ich habe die Könige gesehen und gesprochen.«

»Aber wann werden sie aufstehen?« fragte Lilie.

Die Schlange versetzte: »Ich hörte die großen Worte im Tempel ertönen: ›Es ist an der Zeit!‹«

Eine angenehme Heiterkeit verbreitete sich über das Angesicht der Schönen. »Höre ich doch«, sagte sie, »die glücklichen Worte heute schon zum zweiten Mal; wann wird der Tag kommen, an dem ich sie dreimal höre?«

"Wait a moment," said the fair Lily, "and carry my little bird with you. Bid the Lamp change it into topaz; I will enliven it by my touch; with your good Mops it shall form my dearest pastime: but hasten, hasten; for, at sunset, intolerable putrefaction will fasten on the hapless bird, and tear asunder the fair combination of its form forever."

The old Woman laid the little corpse, wrapped in soft leaves, into her basket, and hastened away.

"However it may be," said the Snake, recommencing their interrupted dialogue, "the Temple is built."

"But it is not at the River," said the fair one.

"It is yet resting in the depths of the Earth," said the Snake; "I have seen the Kings and conversed with them."

"But when will they arise?" inquired Lily.

The Snake replied: "I heard resounding in the Temple these deep words, The time is at hand. "

A pleasing cheerfulness spread over the fair Lily's face: " 'Tis the second time," said she, "that I have heard these happy words today: when will the day come for me to hear them thrice?"

Sie stand auf, und sogleich trat ein reizendes Mädchen aus dem Gebüsch, das ihr die Harfe abnahm. Dieser folgte eine andere, die den elfenbeinernen, geschnitzten Feldstuhl, worauf die Schöne gesessen hatte, zusammenschlug und das silberne Kissen unter den Arm nahm. Eine dritte, die einen großen, mit Perlen gestickten Sonnenschirm trug, zeigte sich darauf,

She arose, and immediately there came a lovely maiden from the grove, and took away her harp. Another followed her, and folded-up the fine carved ivory stool, on which the fair one had been sitting, and put the silvery cushion under her arm. A third then made her appearance, with a large parasol worked with pearls;

erwartend, ob Lilie auf einem Spaziergang etwa ihrer bedürfe. Über allen Ausdruck schön und reizend waren diese drei Mädchen, und doch erhöhten sie nur die Schönheit der Lilie, indem sich jeder gestehen musste, dass sie mit ihr gar nicht verglichen werden konnten.

Mit Gefälligkeit hatte indes die schöne Lilie den wunderbaren Mops betrachtet. Sie beugte sich, berührte ihn, und in dem Augenblicke sprang er auf. Munter sah er sich um, lief hin und wider und eilte zuletzt, seine Wohltäterin auf das Freundlichste zu begrüßen. Sie nahm ihn auf die Arme und drückte ihn an sich.

»So kalt du bist«, rief sie aus, »und obgleich nur ein halbes Leben in dir wirkt, bist du mir doch willkommen; zärtlich will ich dich lieben, artig mit dir scherzen, freundlich dich streicheln und dich fest an mein Herz drücken.«

Sie ließ ihn darauf los, jagte ihn von sich, rief ihn wieder, scherzte so artig mit ihm und trieb sich so munter und unschuldig mit ihm auf dem Gras herum, dass man mit neuem Entzücken ihre Freude betrachten und teil daran nehmen musste, so wie kurz vorher ihre Trauer jedes Herz zum Mitleid gestimmt hatte.

and looked whether Lily would require her in walking. These three maidens were beyond expression beautiful; and yet their beauty but exalted that of Lily, for it was plain to every one that they could never be compared to her.

Meanwhile the fair one had been looking, with a satisfied aspect, at the strange onyx Mops. She bent down and touched him, and that instant he started up. Gaily he looked around, ran hither and thither, and at last, in his kindest manner, hastened to salute his benefactress. She took him in her arms, and pressed him to her.

"Cold as thou art," cried she, "and though but a half-life works in thee, thou art welcome to me; tenderly will I love thee, prettily will I play with thee, softly caress thee, and firmly press thee to my bosom."

She then let him go, chased him from her, called him back, and played so daintily with him, and ran about so gaily and so innocently with him on the grass, that with new rapture you viewed and participated in her joy, as a little while ago her sorrow had attuned every heart to sympathy.

Diese Heiterkeit, diese anmutigen Scherze wurden durch die Ankunft des traurigen Jünglings unterbrochen. Er trat herein, wie wir ihn schon kennen; nur schien die Hitze des Tages ihn noch mehr abgemattet zu haben, und in der Gegenwart der Geliebten ward er mit jedem Augenblick blasser. Er trug den Habicht auf seiner Hand, der wie eine Taube ruhig saß und die Flügel hängen ließ.

»Es ist nicht freundlich«, rief Lilie ihm entgegen, »dass du mir das verhasste Tier vor die Augen bringst, das Ungeheuer, das meinen kleinen Sänger heute getötet hat.«

»Schilt den unglücklichen Vogel nicht!« versetzte darauf der Jüngling; »klage vielmehr dich an und das Schicksal, und vergönne mir, dass ich mit dem Gefährten meines Elends Gesellschaft mache.«

Indessen hörte der Mops nicht auf, die Schöne zu necken, und sie antwortete dem durchsichtigen Liebling mit dem freundlichsten Betragen. Sie klatschte mit den Händen, um ihn zu verscheuchen; dann lief sie, um ihn wieder nach sich zu ziehen. Sie suchte ihn zu haschen, wenn er floh, und jagte ihn von sich weg, wenn er sich an sie zu drängen versuchte. Der Jüngling sah stillschweigend und mit wachsendem Verdruss zu; aber endlich, da sie das hässliche Tier, das ihm ganz abscheulich vorkam, auf den Arm nahm, an ihren weißen

This cheerfulness, these graceful sports were interrupted by the entrance of the woeful Youth. He stepped forward, in his former guise and aspect; save that the heat of the day appeared to have fatigued him still more, and in the presence of his mistress he grew paler every moment. He bore upon his hand a Hawk, which was sitting quiet as a dove, with its body shrunk, and its wings drooping.

"It is not kind in thee," cried Lily to him, "to bring that hateful thing before my eyes, the monster, which today has killed my little singer."

"Blame not the unhappy bird!" replied the Youth; "rather blame thyself and thy destiny; and leave me to keep beside me the companion of my woe."

Meanwhile Mops ceased not teasing the fair Lily; and she replied to her transparent favourite, with friendly gestures. She clapped her hands to scare him off; then ran, to entice him after her. She tried to get him when he fled, and she chased him away when he attempted to press near her. The Youth looked on in silence, with increasing anger; but at last, when she took the odious beast, which seemed to him unutterably ugly, on her

Busen drückte und die schwarze Schnauze mit ihren himmlischen Lippen küsste, verging ihm alle Geduld, und er rief voller Verzweiflung aus: »Muss ich, der ich durch ein trauriges Geschick vor dir, vielleicht auf immer, in einer getrennten Gegenwart lebe, der ich durch dich alles, ja mich selbst verloren habe, muss ich vor meinen Augen sehen, dass eine so widernatürliche Missgeburt dich zur Freude reizen, deine Neigung fesseln und deine Umarmung genießen kann! Soll ich noch länger nur so hin und wider gehen und den traurigen Kreis den Fluss herüber und hinüber abmessen? Nein, es ruht noch ein Funke des alten Heldenmutes in meinem Busen; er schlage in diesem Augenblick zur letzten Flamme auf. Wenn Steine an deinem Busen ruhen können, so möge ich zu Stein werden; wenn deine Berührung tötet, so will ich von deinen Händen sterben.«

Mit diesen Worten machte er eine heftige Bewegung; der Habicht flog von seiner Hand, er aber stürzte auf die Schöne los; sie streckte die Hände aus, ihn abzuhalten, und berührte ihn nur desto früher. Das Bewusstsein verließ ihn, und mit Entsetzen fühlte sie die schöne Last an ihrem Busen. Mit einem Schrei trat sie zurück, und der holde Jüngling sank entseelt aus ihren Armen zur Erde.

arm, pressed it to her white bosom, and kissed its black snout with her heavenly lips, his patience altogether failed him, and full of desperation he exclaimed: "Must I, who by a baleful fate exist beside thee, perhaps to the end, in an absent presence; who by thee have lost my all, my very self; must I see before my eyes, that so unnatural a monster can charm thee into gladness, can awaken thy attachment, and enjoy thy embrace? Shall I any longer keep wandering to and fro, measuring my dreary course to that side of the River and to this? No, there is still a spark of the old heroic spirit sleeping in my bosom; let it start this instant into its expiring flame! If stones may rest in thy bosom, let me be changed to stone; if thy touch kills, I will die by thy hands."

So saying he made a violent movement; the Hawk flew from his finger, but he himself rushed towards the fair one; she held out her hands to keep him off, and touched him only the sooner. Consciousness forsook him; and she felt with horror the beloved burden lying on her bosom. With a shriek she started back, and the gentle Youth sank lifeless from her arms upon the ground.

Das Unglück war geschehen! Die süße Lilie stand unbeweglich und blickte starr nach dem entseelten Leichnam. Das Herz schien ihr im Busen zu stocken, und ihre Augen waren ohne Tränen. Vergebens suchte der Mops ihr eine freundliche Bewegung abzugewinnen; die ganze Welt war mit ihrem Freunde ausgestorben. Ihre stumme Verzweiflung sah sich nach Hilfe nicht um, denn sie kannte keine Hillfe. Dagegen regte sich die Schlange desto emsiger; sie schien auf Rettung zu sinnen, und wirklich

The misery had happened! The sweet Lily stood motionless gazing on the corpse. Her heart seemed to pause in her bosom; and her eyes were without tears. In vain did Mops try to gain from her any kindly gesture; with her friend, the world for her was all dead as the grave. Her silent despair did not look round for help; she knew not of any help. On the other hand, the Snake bestirred herself the more actively; she seemed to meditate deliverance; and

43

dienten ihre sonderbaren Bewegungen, wenigstens die nächsten schrecklichen Folgen des Unglücks auf einige Zeit zu hindern. Sie zog mit ihrem geschmeidigen Körper einen weiten Kreis um den Leichnam, fasste das Ende ihres Schwanzes mit den Zähnen und blieb ruhig liegen.

Nicht lange, so trat eine der schönen Dienerinnen Liliens hervor, brachte den elfenbeinernen Feldstuhl und nötigte mit freundlichen Gebärden die Schöne, sich zu setzen; bald darauf kam die zweite, die einen feuerfarbigen Schleier trug und das Haupt ihrer Gebieterin damit mehr zierte als bedeckte; die dritte übergab ihr die Harfe, und kaum hatte sie das prächtige Instrument an sich gedrückt und einige Töne aus den Saiten hervorgelockt, als die erste mit einem hellen, runden Spiegel zurückkam, sich der Schönen gegenüberstellte, ihre Blicke auffing und ihr das angenehmste Bild, das in der Natur zu finden war, darstellte. Der Schmerz erhöhte ihre Schönheit, der Schleier ihre Reize, die Harfe ihre Anmut, und so sehr man hoffte, ihre traurige Lage verändert zu sehen, so sehr wünschte man, ihr Bild ewig, wie es gegenwärtig erschien, festzuhalten.

Mit einem stillen Blick nach dem Spiegel lockte sie bald schmelzende Töne aus den Saiten, bald schien ihr Schmerz zu steigen,

in fact her strange movements served at least to keep away, for a little, the immediate consequences of the mischief. With her limber body, she formed a wide circle round the corpse, and seizing the end of her tail between her teeth, she lay quite still.

Ere long one of Lily's fair waiting-maids appeared; brought the ivory folding-stool, and with friendly beckoning constrained her mistress to sit down on it. Soon afterwards there came a second; she had in her hand a fire-coloured veil, with which she rather decorated than concealed the fair Lily's head. The third handed her the harp, and scarcely had she drawn the gorgeous instrument towards her, and struck some tones from its strings, when the first maid returned with a clear round mirror; took her station opposite the fair one; caught her looks in the glass, and threw back to her the loveliest image that was to be found in Nature. Sorrow heightened her beauty, the veil her charms, the harp her grace; and deeply as you wished to see her mournful situation altered, not less deeply did you wish to keep her image, as she now looked, forever present with you.

With a still look at the mirror, she touched the harp; now melting tones proceeded from the strings, now her pain

und die Saiten antworteten gewaltsam ihrem Jammer; einige Mal öffnete sie den Mund zu singen, aber die Stimme versagte ihr; doch bald löste sich ihr Schmerz in Tränen auf, zwei Mädchen fassten sie hilfreich in die Arme, die Harfe sank aus ihrem Schoß; kaum ergriff noch die schnelle Dienerin das Instrument und trug es beiseite.

»Wer schafft uns den Mann mit der Lampe, ehe die Sonne untergeht?« zischte die Schlange leise, aber vernehmlich; die Mädchen sahen einander an, und Liliens Tränen vermehrten sich.

In diesem Augenblicke kam atemlos die Frau mit dem Korb zurück. »Ich bin verloren und verstümmelt!« rief sie aus. »Seht, wie meine Hand beinahe ganz weggeschwunden ist! Weder der Fährmann noch der Riese wollten mich übersetzen, weil ich noch eine Schuldnerin des Wassers bin; vergebens habe ich hundert Kohlhäupter und hundert Zwiebeln angeboten, man will nicht mehr als die drei Stücke, und keine Artischocke ist nun einmal in diesen Gegenden zu finden.«

»Vergesst Eure Not«, sagte die Schlange, »und sucht hier zu helfen; vielleicht kann Euch zugleich mit geholfen werden. Eilt, was Ihr könnt, die Irrlichter aufzusuchen; es ist noch zu hell, sie zu sehen, aber vielleicht hört Ihr sie lachen und flattern. Wenn sie eilen, so setzt

seemed to mount, and the music in strong notes responded to her woe; sometimes she opened her lips to sing, but her voice failed her; and ere long her sorrow melted into tears, two maidens caught her helpfully in their arms, the harp sank from her bosom, scarcely could the quick servant snatch the instrument and carry it aside.

"Who gets us the Man with the Lamp, before the Sunset?" hissed the Snake, faintly, but audibly: the maids looked at one another, and Lily's tears fell faster.

At this moment came the Woman with the Basket, panting and altogether breathless. "I am lost, and maimed for life!" cried she, "see how my hand is almost vanished; neither Ferryman nor Giant would take me over, because I am the River's debtor; in vain did I promise hundreds of cabbages and hundreds of onions; they will take no more than three; and no artichoke is now to be found in all this quarter."

"Forget your own care," said the Snake, "and try to bring help here; perhaps it may come to yourself also. Haste with your utmost speed to seek the Will-o'-wisps; it is too light for you to see them, but perhaps you will hear them laughing and hopping to and fro. If they be speedy, they

sie der Riese noch über den Fluss, und sie können den Mann mit der Lampe finden und schicken.«

Das Weib eilte, soviel sie konnte, und die Schlange schien ebenso ungeduldig als Lilie die Rückkunft der beiden zu erwarten. Leider vergoldete schon der Strahl der sinkenden Sonne nur den höchsten Gipfel der Bäume des Dickichts, und lange Schatten zogen sich über See und Wiese; die Schlange bewegte sich ungeduldig, und Lilie zerfloß in Tränen.

In dieser Not sah die Schlange sich überall um, denn sie fürchtete jeden Augenblick, die Sonne werde untergehen, die Fäulnis den magischen Kreis durchdringen und den schönen Jüngling unaufhaltsam anfallen. Endlich erblickte sie hoch in den Lüften mit purpurroten Federn den Habicht, dessen Brust die letzten Strahlen der Sonne auffing. Sie schüttelte sich vor Freuden über das gute Zeichen, und sie betrog sich nicht; denn kurz darauf sah man den Mann mit der Lampe über den See hergleiten, gleich als wenn er auf Schlittschuhen ginge.

Die Schlange veränderte nicht ihre Stelle, aber die Lilie stand auf und rief ihm zu: »Welcher gute Geist sendet dich in dem Augenblick, da wir so sehr nach dir verlangen und deiner so sehr bedürfen?«

may cross upon the Giant's shadow, and seek the Man with the Lamp, and send him to us."

The Woman hurried off at her quickest pace, and the Snake seemed expecting as impatiently as Lily the return of the Flames. Alas! the beam of the sinking Sun was already gliding only the highest summits of the trees in the thicket, and long shadows were stretching over lake and meadow; the Snake hitched up and down impatiently, and Lily dissolved in tears.

In this extreme need, the Snake kept looking round on all sides; for she was afraid every moment that the Sun would set, and corruption penetrate the magic circle, and the fair youth immediately moulder away. At last she noticed sailing high in the air, with purple-red feathers, the Prince's Hawk, whose breast was catching the last beams of the Sun. She shook herself for joy at this good omen; nor was she deceived; for shortly afterwards the Man with the Lamp was seen gliding towards them across the Lake, fast and smoothly, as if he had been travelling on skates.

The Snake did not change her posture; but Lily rose and called to him: "What good spirit sends thee, at the moment when we were desiring thee, and needing thee, so much?"

»Der Geist meiner Lampe«, versetzte der Alte, »treibt mich, und der Habicht führt mich hierher. Sie spratzelt, wenn man meiner bedarf, und ich sehe mich nur in den Lüften nach einem Zeichen um; irgendein Vogel oder Meteor zeigt mir die Himmelsgegend an, wohin ich mich wenden soll. Sei ruhig, schönstes Mädchen! Ob ich helfen kann, weiß ich nicht; ein einzelner hilft nicht, sondern wer sich mit vielen zur rechten Stunde vereinigt. Aufschieben wollen wir und hoffen. Halte deinen Kreis geschlossen«, fuhr er fort, indem er sich an die Schlange wendete, sich auf einen Erdhügel neben sie hinsetzte und den toten Körper beleuchtete. »Bringt den artigen Kanarienvogel auch her und leget ihn in den Kreis!« Die Mädchen nahmen den kleinen Leichnam aus dem Korb, den die Alte stehenließ, und gehorchten dem Mann.

Die Sonne war indessen untergegangen, und wie die Finsternis zunahm, fing nicht allein die Schlange und die Lampe des Mannes nach ihrer Weise zu leuchten an, sondern der Schleier Liliens gab auch ein sanftes Licht von sich, das wie eine zarte Morgenröte ihre blassen Wangen und ihr weißes Gewand mit einer unendlichen Anmut färbte. Man sah sich wechselweise mit stiller Betrachtung an, Sorge und Trauer waren durch eine sichere Hoffnung gemildert.

"The spirit of my Lamp," replied the Man, "has impelled me, and the Hawk has conducted me. My Lamp sparkles when I am needed, and I just look about me in the sky for a signal; some bird or meteor points to the quarter towards which I am to turn. Be calm, fairest Maiden! Whether I can help, I know not; an individual helps not, but he who combines himself with many at the proper hour. We will postpone the evil, and keep hoping. Hold thy circle fast," continued he, turning to the Snake; then set himself upon a hillock beside her, and illuminated the dead body. "Bring the little Bird hither too, and lay it in the circle!" The maidens took the little corpse from the basket, which the old Woman had left standing, and did as he directed.

Meanwhile the Sun had set; and as the darkness increased, not only the Snake and the old Man's Lamp began shining in their fashion, but also Lily's veil gave out a soft light, which gracefully tinged, as with a meek dawning red, her pale cheeks and her white robe. The party looked at one another, silently reflecting; care and sorrow were mitigated by a sure hope.

Nicht unangenehm erschien daher das alte Weib in Gesellschaft der beiden munteren Flammen, die zwar seither sehr verschwendet haben mussten, denn sie waren wieder äußerst mager geworden, aber sich nur desto artiger gegen die Prinzessin und die übrigen Frauenzimmer betrugen. Mit der größten Sicherheit und mit vielem Ausdruck sagten sie ziemlich gewöhnliche Sachen; besonders zeigten sie sich sehr empfänglich für den Reiz, den der leuchtende Schleier über Lilien und ihre Begleiterinnen verbreitete. Bescheiden schlugen die Frauenzimmer ihre Augen nieder, und das Lob ihrer Schönheit verschönerte sie wirklich. Jedermann war zufrieden und ruhig bis auf die Alte. Ungeachtet der Versicherung ihres Mannes, dass ihre Hand nicht weiter abnehmen könne, solange sie von seiner Lampe beschienen sei, behauptete sie mehr als einmal, dass, wenn es so fortgehe, noch vor Mitternacht dieses edle Glied völlig verschwinden werde.

Der Alte mit der Lampe hatte dem Gespräch der Irrlichter aufmerksam zugehört und war vergnügt, dass Lilie durch diese Unterhaltung zerstreut und aufgeheitert worden war. Und wirklich war Mitternacht herbeigekommen, man wusste nicht, wie. Der Alte sah nach den Sternen und fing darauf zu reden an: »Wir sind zur glücklichen

It was no unpleasing entrance, therefore, that the Woman made, attended by the two gay Flames, which in truth appeared to have been very lavish in the interim, for they had again become extremely meagre; yet they only bore themselves the more prettily for that, towards Lily and the other ladies. With great tact and expressiveness, they said a multitude of rather common things to these fair persons; and declared themselves particularly ravished by the charm which the gleaming veil spread over Lily and her attendants. The ladies modestly cast down their eyes, and the praise of their beauty made them really beautiful. All were peaceful and calm, except the old Woman. In spite of the assurance of her husband, that her hand could diminish no farther, while the Lamp shone on it, she asserted more than once, that if things went on thus, before midnight this noble member would have utterly vanished.

The Man with the Lamp had listened attentively to the conversation of the Lights, and was gratified that Lily had been cheered, in some measure, and amused by it. And, in truth, midnight had arrived they knew not how. The old Man looked to the stars, and then began speaking: "We are assembled at the propitious hour; let each

Stunde beisammen; jeder verrichte sein Amt, jeder tue seine Pflicht, und ein allgemeines Glück wird die einzelnen Schmerzen in sich auflösen, wie ein allgemeines Unglück einzelne Freuden verzehrt.«

Nach diesen Worten entstand ein wunderbares Geräusch, denn alle gegenwärtigen Personen sprachen für sich und drückten laut aus, was sie zu tun hätten, nur die drei Mädchen

perform his task, let each do his duty; and a universal happiness will swallow up our individual sorrows, as a universal grief consumes individual joys."

At these words arose a wondrous hubbub; for all the persons in the party spoke aloud, each for himself, declaring what they had to do; only the three maids were silent; one of them had

waren still; eingeschlafen war die eine neben der Harfe, die andere neben dem Sonnenschirm, die dritte neben dem Sessel, und man konnte es ihnen nicht verdenken, denn es war spät. Die flammenden Jünglinge hatten nach einigen vorübergehenden Höflichkeiten, die sie auch den Dienerinnen widmeten, sich doch zuletzt nur an Lilien als die Allerschönste gehalten.

»Fasse«, sagte der Alte zum Habicht, »den Spiegel, und mit dem ersten Sonnenstrahl beleuchte die Schläferinnen und wecke sie mit zurückgeworfenem Licht aus der Höhe.«

Die Schlange fing nunmehr an, sich zu bewegen, löste den Kreis auf und zog langsam in großen Ringen nach dem Fluss. Feierlich folgten ihr die beiden Irrlichter, und man hätte sie für die ernsthaftesten Flammen halten sollen. Die Alte und ihr Mann ergriffen den Korb, dessen sanftes Licht man bisher kaum bemerkt hatte, sie zogen von beiden Seiten daran, und er ward immer größer und leuchtender; sie hoben darauf den Leichnam des Jünglings hinein und legten ihm den Kanarienvogel auf die Brust; der Korb hob sich in die Höhe und schwebte über dem Haupt der Alten, und sie folgte den Irrlichtern auf dem Fuße. Die schöne Lilie nahm den Mops auf ihren Arm und folgte der Alten, der Mann mit der Lampe beschloss den Zug,

fallen asleep beside the harp, another near the parasol, the third by the stool; and you could not blame them much, for it was late. The Fiery Youths, after some passing compliments which they devoted to the waiting-maids, had turned their sole attention to the Princess, as alone worthy of exclusive homage.

"Take the mirror," said the Man to the Hawk; "and with the first sunbeam illuminate the three sleepers, and awake them, with light reflected from above."

The Snake now began to move; she loosened her circle, and rolled slowly, in large rings, forward to the River. The two Will-o'-wisps followed with a solemn air: you would have taken them for the most serious Flames in Nature. The old Woman and her husband seized the Basket, whose mild light they had scarcely observed till now; they lifted it at both sides, and it grew still larger and more luminous; they lifted the body of the Youth into it, laying the Canary-bird upon his breast; the Basket rose into the air and hovered above the old Woman's head, and she followed the Will-o'-wisps on foot. The fair Lily took Mops on her arm, and followed the Woman; the Man with the Lamp concluded the procession; and the scene was curiously

und die Gegend war von diesen vielerlei Lichtern auf das Sonderbarste erhellt. Aber mit nicht geringer Bewunderung sah die Gesellschaft, als sie zu dem Fluss gelangte, einen herrlichen Bogen über denselben hinübersteigen, wodurch die wohltätige Schlange ihnen einen glänzenden Weg bereitete. Hatte man bei Tag die durchsichtigen Edelsteine bewundert, woraus die Brücke zusammengesetzt schien, so erstaunte man bei Nacht über ihre leuchtende Herrlichkeit. Oberwärts schnitt sich der helle Kreis scharf an dem dunklen Himmel ab, aber unterwärts zuckten lebhafte Strahlen nach dem Mittelpunkt zu und zeigten die bewegliche Festigkeit des Gebäudes. Der Zug ging langsam hinüber, und der Fährmann, der von ferne aus seiner Hütte hervorsah, betrachtete mit Staunen den leuchtenden Kreis und die sonderbaren Lichter, die darüber hinzogen.

Kaum waren sie am anderen Ufer angelangt, als der Bogen nach seiner Weise zu schwanken und sich wellenartig dem Wasser zu nähern anfing. Die Schlange bewegte sich bald darauf ans Land, der Korb setzte sich zur Erde nieder, und die Schlange zog aufs neue ihren Kreis umher, der Alte neigte sich vor ihr und sprach: »Was hast du beschlossen?«

illuminated by these many lights. But it was with no small wonder that the party saw, when they approached the River, a glorious arch mount over it, by which the helpful Snake was affording them a glittering path. If by day they had admired the beautiful transparent precious stones, of which the Bridge seemed formed; by night they were astonished at its gleaming brilliancy. On the upper side the clear circle marked itself sharp against the dark sky, but below, vivid beams were darting to the centre, and exhibiting the airy firmness of the edifice. The procession slowly moved across it; and the Ferryman, who saw it from his hut afar off, considered with astonishment the gleaming circle, and the strange lights which were passing over it.

No sooner had they reached the other shore, than the arch began, in its usual way, to swag up and down, and with a wavy motion to approach the water. The Snake then came on land, the Basket placed itself upon the ground, and the Snake again drew her circle round it. The old Man stooped towards her, and said: "What hast thou resolved on?"

»Mich aufzuopfern, ehe ich aufgeopfert werde«, versetzte die Schlange; »versprich mir, dass du keinen Stein am Land lassen willst!«

Der Alte versprach's und sagte darauf zur schönen Lilie: »Rühre die Schlange mit der linken Hand an und deinen Geliebten mit der rechten!«

Lilie kniete nieder und berührte die Schlange und den Leichnam. Im Augenblick schien dieser ins Leben überzugehen; er bewegte sich im Korb, ja er richtete sich in die Höhe und saß. Lilie wollte ihn umarmen, allein der Alte hielt sie zurück, er half dagegen dem Jüngling aufzustehen und leitete ihn, indem er aus dem Korb und dem Kreis trat.

Der Jüngling stand, der Kanarienvogel flatterte auf seiner Schulter; es war wieder Leben in beiden, aber der Geist war noch nicht zurückgekehrt; der schöne Freund hatte die Augen offen und sah nicht, wenigstens schien er alles ohne Teilnahme anzusehen; und kaum hatte sich die Verwunderung über diese Begebenheit in etwas gemäßigt, als man erst bemerkte, wie sonderbar die Schlange sich verändert hatte.

Ihr schöner, schlanker Körper war in tausend und tausend leuchtende Edelsteine zerfallen; unvorsichtig hatte die Alte, die nach ihrem Korb greifen wollte, an sie gestoßen, und man

"To sacrifice myself rather than be sacrificed," replied the Snake; "promise me that thou wilt leave no stone on shore."

The old Man promised; then addressing Lily: "Touch the Snake," said he, "with thy left hand, and thy lover with thy right." Lily knelt, and touched the Snake and the Prince's body. The latter in the instant seemed to come to life; he moved in the Basket, nay he raised himself into a sitting posture; Lily was about to clasp him; but the old Man held her back, and himself assisted the Youth to rise, and led him forth from the Basket and the circle.

The Prince was standing; the Canary-bird was fluttering on his shoulder; there was life again in both of them, but the spirit had not yet returned; the fair Youth's eyes were open, yet he did not see, at least he seemed to look on all without participation. Scarcely had their admiration of this incident a little calmed, when they observed how strangely it had fared in the meanwhile with the Snake.

Her fair taper body had crumbled into thousands and thousands of shining jewels: the old Woman reaching at her Basket had chanced to come against the

sah nichts mehr von der Bildung der Schlange, nur ein schőner Kreis leuchtender Edelsteine lag im Gras.

Der Alte machte sogleich Anstalt, die Steine in den Korb zu fassen, wozu ihm seine Frau behilflich sein musste. Beide trugen darauf den Korb gegen das Ufer an einen erhabenen Ort, und er schűttete die ganze Ladung, nicht ohne Widerwillen der Schőnen und seines Weibes, die sich davon gerne etwas ausgesucht hätten, in den Fluss. Wie leuchtende und blinkende Sterne schwammen die Steine mit den Wellen hin, und man konnte nicht unterscheiden, ob sie sich in der Ferne verloren oder untersanken.

»Meine Herren«, sagte darauf der Alte ehrerbietig zu den Irrlichtern, »nunmehr zeige ich Ihnen den Weg und erőffne den Gang; aber Sie leisten uns den grőßten Dienst, wenn Sie uns die Pforte des Heiligtums őffnen, durch die wir diesmal eingehen müssen und die außer Ihnen niemand aufschließen kann.«

Die Irrlichter neigten sich anständig und blieben zurück. Der Alte mit der Lampe ging voraus in den Felsen, der sich vor ihm auftat; der Jűngling folgte ihm gleichsam mechanisch; still und ungewiss hielt sich Lilie in einiger Entfernung hinter ihm; die Alte wollte nicht gerne zurückbleiben und

circle; and of the shape or structure of the Snake there was now nothing to be seen, only a bright ring of luminous jewels was lying in the grass.

The old Man forthwith set himself to gather the stones into the Basket; a task in which his wife assisted him. They next carried the Basket to an elevated point on the bank; and here the man threw its whole lading, not without contradiction from the fair one and his wife, who would gladly have retained some part of it, down into the River. Like gleaming twinkling stars the stones floated down with the waves; and you could not say whether they lost themselves in the distance, or sank to the bottom.

"Gentlemen," said he with the Lamp, in a respectful tone to the Lights, "I will now show you the way, and open you the passage; but you will do us an essential service, if you please to unbolt the door, by which the Sanctuary must be entered at present, and which none but you can unfasten."

The Lights made a stately bow of assent, and kept their place. The old Man of the Lamp went foremost into the rock, which opened at his presence; the Youth followed him, as if mechanically; silent and uncertain, Lily kept at some distance from him; the old Woman would not be left, and stretched out

streckte ihre Hand aus, damit ja das Licht von ihres Mannes Lampe sie erleuchten könne. Nun schlossen die Irrlichter den Zug, indem sie die Spitzen ihrer Flammen zusammenneigten und miteinander zu sprechen schienen.

Sie waren nicht lange gegangen, als der Zug sich vor einem großen ehernen Tor befand, dessen Flügel mit einem goldenen Schloss verschlossen waren. Der Alte rief sogleich die Irrlichter herbei, die sich nicht lange aufmuntern ließen, sondern geschäftig mit ihren spitzesten Flammen Schloss und Riegel aufzehrten.

Laut tönte das Erz, als die Pforten schnell aufsprangen und im Heiligtum die würdigen Bilder der Könige, durch die hereintretenden Lichter beleuchtet, erschienen. Jeder neigte sich vor den ehrwürdigen Herrschern, besonders ließen es die Irrlichter an krausen Verbeugungen nicht fehlen.

Nach einiger Pause fragte der goldene König: »Woher kommt ihr?«

»Aus der Welt«, antwortete der Alte.

»Wohin geht ihr?« fragte der silberne König.

»In die Welt«, sagte der Alte.

»Was wollt ihr bei uns?« fragte der eherne König.

»Euch begleiten«, sagte der Alte.

her hand, that the light of her husband's Lamp might still fall upon it. The rear was closed by the two Will-o'-wisps, who bent the peaks of their flames towards one another, and appeared to be engaged in conversation.

They had not gone far till the procession halted in front of a large brazen door, the leaves of which were bolted with a golden lock. The Man now called upon the Lights to advance; who required small entreaty, and with their pointed flames soon ate both bar and lock.

The brass gave a loud clang, as the doors sprang suddenly asunder; and the stately figures of the Kings appeared within the Sanctuary, illuminated by the entering Lights. All bowed before these dread sovereigns, especially the Flames made a profusion of the daintiest reverences.

After a pause, the gold King asked: "Whence come ye?"

"From the world," said the old Man.

"Whither go ye?" said the silver King.

"Into the world," replied the Man.

"What would ye with us?" cried the brazen King.

"Accompany you," replied the Man.

Der gemischte König wollte eben zu reden anfangen, als der goldene zu den Irrlichtern, die ihm zu nahe gekommen waren, sprach: »Hebet euch weg von mir, mein Gold ist nicht für euren Gaumen!«

Sie wandten sich darauf zum silbernen und schmiegten sich an ihn, sein Gewand glänzte schön von ihrem gelblichen Widerschein. »Ihr seid mir willkommen«, sagte er, »aber ich kann euch nicht ernähren; sättigt euch auswärts

The composite King was about to speak, when the gold one addressed the Lights, who had got too near him: "Take yourselves away from me, my metal was not made for you." Thereupon they turned to the silver King, and clasped themselves about him; and his robe glittered beautifully in their yellow brightness. "You are welcome," said he, "but I cannot feed you; satisfy yourselves elsewhere, and

und bringt mir euer Licht.« Sie entfernten sich und schlichen bei dem ehernen vorbei, der sie nicht zu bemerken schien, auf den zusammengesetzten los.

»Wer wird die Welt beherrschen?« rief dieser mit stotternder Stimme.

»Wer auf seinen Füßen steht«, antwortete der Alte.

»Das bin ich!« sagte der gemischte König.

»Es wird sich offenbaren«, sagte der Alte; »denn es ist an der Zeit.«

Die schöne Lilie fiel dem Alten um den Hals und küsste ihn aufs Herzlichste. »Heiliger Vater«, sagte sie, »tausendmal dank ich dir, denn ich höre das ahnungsvolle Wort zum dritten Mal.«

Sie hatte kaum ausgeredet, als sie sich noch fester an den Alten anhielt, denn der Boden fing unter ihnen an zu schwanken; die Alte und der Jüngling hielten sich auch aneinander, nur die beweglichen Irrlichter merkten nichts.

Man konnte deutlich fühlen, dass der ganze Tempel sich bewegte wie ein Schiff, das sich sanft aus dem Hafen entfernt, wenn die Anker gelichtet sind; die Tiefen der Erde schienen sich vor ihm aufzutun, als er hindurchzog. Er stieß nirgends an, kein Felsen stand ihm im Weg.

Wenige Augenblicke schien ein feiner Regen durch die Öffnung der Kuppel hereinzurieseln;

bring me your light." They removed; and gliding past the brazen King, who did not seem to notice them, they fixed on the compounded King.

"Who will govern the world?" cried he, with a broken voice.

"He who stands upon his feet," replied the old Man.

"I am he," said the mixed King.

"We shall see," replied the Man; "for the time is at hand."

The fair Lily fell upon the old Man's neck, and kissed him cordially. "Holy Sage!" cried she, "a thousand times I thank thee; for I hear that fateful word the third time."

She had scarcely spoken, when she clasped the old Man still faster; for the ground began to move beneath them; the Youth and the old Woman also held by one another; the Lights alone did not regard it.

You could feel plainly that the whole temple was in motion; as a ship that softly glides away from the harbour, when her anchors are lifted; the depths of the Earth seemed to open for the Building as it went along. It struck on nothing; no rock came in its way.

For a few instants, a small rain seemed to drizzle from the opening of the dome;

der Alte hielt die schöne Lilie fester und sagte zu ihr: »Wir sind unterm Fluss und bald am Ziel.«

Nicht lange darauf glaubten sie stillzustehn, doch sie betrogen sich: der Tempel stieg aufwärts.

Nun entstand ein seltsames Getöse über ihrem Haupt. Bretter und Balken in ungestalter Verbindung begannen sich zu der Öffnung der Kuppel krachend hereinzudrängen. Lilie und die Alte sprangen zur Seite, der Mann mit der Lampe fasste den Jüngling und blieb stehen. Die kleine Hütte des Fährmanns – denn sie war es, die der Tempel im Aufsteigen vom Boden abgesondert und in sich aufgenommen hatte – sank allmählich herunter und bedeckte den Jüngling und den Alten.

Die Weiber schrien laut, und der Tempel schütterte wie ein Schiff, das unvermutet ans Land stößt. Ängstlich irrten die Frauen in der Dämmerung um die Hütte; die Tür war verschlossen, und auf ihr Pochen hörte niemand. Sie pochten heftiger und wunderten sich nicht wenig, als zuletzt das Holz zu klingen anfing. Durch die Kraft der verschlossenen Lampe war die Hütte von innen heraus zu Silber geworden. Nicht lange, so veränderte sie sogar ihre Gestalt; denn das edle Metall verließ die zufälligen Formen der

the old Man held the fair Lily fast, and said to her: "We are now beneath the River; we shall soon be at the mark."

Ere long they thought the Temple made a halt; but they were in an error; it was mounting upwards.

And now a strange uproar rose above their heads. Planks and beams in disordered combination now came pressing and crashing in at the opening of the dome. Lily and the Woman started to a side; the Man with the Lamp laid hold of the Youth, and kept standing still. The little cottage of the Ferryman, for it was this which the Temple in ascending had severed from the ground and carried up with it, sank gradually down, and covered the old Man and the Youth.

The women screamed aloud, and the Temple shook, like a ship running unexpectedly aground. In sorrowful perplexity, the Princess and her old attendant wandered round the cottage in the dawn; the door was bolted, and to their knocking no one answered. They knocked more loudly, and were not a little struck, when at length the wood began to ring. By virtue of the Lamp locked up in it, the hut had been converted from the inside to the outside into solid silver. Ere long too its form changed; for the noble metal shook aside the accidental

Bretter, Pfosten und Balken und dehnte sich zu einem herrlichen Gehäuse von getriebener Arbeit aus. Nun stand ein herrlicher kleiner Tempel in der Mitte des großen oder, wenn man will, ein Altar, des Tempels würdig.

Durch eine Treppe, die von innen heraufging, trat nunmehr der edle Jüngling in die Höhe; der Mann mit der Lampe leuchtete ihm, und ein anderer schien ihn zu unterstützen, der in einem weißen, kurzen Gewand hervorkam und ein silbernes Ruder in der Hand hielt; man erkannte in ihm sogleich den Fährmann, den ehemaligen Bewohner der verwandelten Hütte.

Die schöne Lilie stieg die äußeren Stufen hinauf, die von dem Tempel auf den Altar führten; aber noch immer musste sie sich von ihrem Geliebten entfernt halten.

Die Alte, deren Hand, solange die Lampe verborgen gewesen, immer kleiner geworden war, rief: »Soll ich doch noch unglücklich werden? Ist bei so vielen Wundern durch kein Wunder meine Hand zu retten?«

Ihr Mann deutete nach der offenen Pforte und sagte: »Siehe, der Tag bricht an, eile und bade dich im Fluss!«

»Welch ein Rat!« rief sie; »ich soll wohl ganz schwarz werden und ganz verschwinden; habe ich doch meine Schuld noch nicht bezahlt!«

shape of planks, posts and beams, and stretched itself out into a noble case of beaten ornamented workmanship. Thus a fair little temple stood erected in the middle of the large one; or if you will, an Altar worthy of the Temple.

By a staircase which ascended from within, the noble Youth now mounted aloft, lighted by the old Man with the Lamp, and, as it seemed, supported by another, who advanced in a white short robe, with a silver rudder in his hand; and was soon recognised as the Ferryman, the former possessor of the cottage.

The fair Lily mounted the outer steps, which led from the floor of the Temple to the Altar; but she was still obliged to keep herself apart from her Lover.

The old Woman, whose hand in the absence of the Lamp had grown still smaller, cried: "Am I, then, to be unhappy after all? Among so many miracles, can there be nothing done to save my hand?"

Her husband pointed to the open door, and said to her: "See, the day is breaking; haste, bathe thyself in the River."

"What an advice!" cried she; "it will make me all black; it will make me vanish together; for my debt is not yet paid."

»Gehe«, sagte der Alte, »und folge mir!
Alle Schulden sind abgetragen.«
  Die Alte eilte weg, und in dem Augenblick
erschien das Licht der aufgehenden Sonne

"Go," said the man, "and do as I advise
thee; all debts are now paid."
  The old Woman hastened away; and at
that moment appeared the rising Sun, upon

am Kranz der Kuppel; der Alte trat zwischen den Jüngling und die Jungfrau und rief mit lauter Stimme: »Drei sind, die da herrschen auf Erden: die Weisheit, der Schein und die Gewalt!«

Beim ersten Wort stand der goldene König auf, beim zweiten der silberne, und beim dritten hatte sich der eherne langsam emporgehoben, als sich der zusammengesetzte König plötzlich ungeschickt niedersetzte. Wer ihn sah, konnte sich ungeachtet des feierlichen Augenblicks kaum des Lachens enthalten; denn er saß nicht, er lag nicht, er lehnte sich nicht an, sondern er war unförmlich zusammengesunken.

Die Irrlichter, die sich bisher um ihn beschäftigt hatten, traten zur Seite. Sie schienen, obgleich blass beim Morgenlicht, doch wieder gut genährt und wohl bei Flammen; sie hatten auf eine geschickte Weise die goldenen Adern des kolossalen Bildes mit ihren spitzen Zungen bis aufs Innerste herausgeleckt. Die unregelmäßigen leeren Räume, die dadurch entstanden waren, erhielten sich eine Zeitlang offen, und die Figur blieb in ihrer vorigen Gestalt. Als aber auch zuletzt die zartesten Äderchen aufgezehrt waren, brach auf einmal das Bild zusammen und leider gerade an den Stellen, die ganz bleiben, wenn der Mensch sich setzt; dagegen blieben die Gelenke, die sich hätten

the rim of the dome. The old Man stept between Virgin and the Youth, and cried with a loud voice: "There are three which have rule on Earth; Wisdom, Appearance and Strength."

At the first word, the gold King rose; at the second, the silver one; and at the third, the brass King slowly rose, while the mixed King on a sudden very awkwardly plumped down. Whoever noticed him could scarcely keep from laughing, solemn as the moment was; for he was not sitting, he was not lying, he was — leaning, but shapelessly sunk together.

The Lights, who till now had been employed upon him, drew to side; they appeared, although pale in the morning radiance, yet the more well-fed, and in good burning condition; with their peaked tongues, they had dexterously licked out the gold veins of the colossal figure to its very heart. The irregular vacuities which this occasioned had continued empty for a time, and the figure had maintained its standing posture. But when at last the very tenderest filaments were eaten out, the image crashed suddenly together; and then, alas, in the very parts which continue unaltered when one sits down; whereas the limbs, which should have bent, sprawled

biegen sollen, steif. Wer nicht lachen konnte, musste seine Augen wegwenden; das Mittelding zwischen Form und Klumpen war widerwärtig anzusehen.

Der Mann mit der Lampe führte nunmehr den schönen, aber immer noch starr vor sich hin blickenden Jüngling vom Altar herab und gerade auf den ehernen König los. Zu den Füßen des mächtigen Fürsten lag ein Schwert in eherner Scheide. Der Jüngling gürtete sich.

»Das Schwert an der Linken, die Rechte frei!« rief der gewaltige König.

Sie gingen darauf zum silbernen, der sein Zepter gegen den Jüngling neigte. Dieser ergriff es mit der linken Hand, und der König sagte mit gefälliger Stimme: »Weide die Schafe!«

Als sie zum goldenen König kamen, drückte er dem Jüngling mit väterlich segnender Gebärde den Eichenkranz aufs Haupt und sprach: »Erkenne das Höchste!«

Der Alte hatte während dieses Umgangs den Jüngling genau bemerkt. Nach umgürtetem Schwert hob sich seine Brust, seine Arme regten sich, und seine Füße traten fester auf; indem er den Zepter in die Hand nahm, schien sich die Kraft zu mildern und durch einen unaussprechlichen Reiz noch mächtiger zu werden; als aber der Eichen-

themselves out unbowed and stiff. Whoever could not laugh was obliged to turn away his eyes; this miserable shape and no-shape was offensive to behold.

The Man with the Lamp now led the handsome Youth, who still kept gazing vacantly before him, down from the Altar, and straight to the brazen King. At the feet of this mighty Potentate lay a sword in a brazen sheath. The young man girt it round him.

"The sword on left, the right free!" cried the brazen voice.

They next proceeded to the silver King; he bent his sceptre to the Youth; the latter seized it with his left hand, and the King in a pleasing voice said: "Feed the sheep!"

On turning to the golden King, he stooped with gestures of paternal blessing, and pressing his oaken garland on the young man's head, said: "Understand what is highest!"

During this progress, the old Man had carefully observed the Prince. After girding on the sword, his breast swelled, his arms waved, and his feet trod firmer; when he took the sceptre in his hand, his strength appeared to soften, and by an unspeakable charm to become still more subduing; but as the oaken garland came to deck his hair,

kranz seine Locken zierte, belebten sich seine Gesichtszüge, sein Auge glänzte von unaussprechlichem Geist, und das erste Wort seines Mundes war »Lilie«.

»Liebe Lilie!« rief er, als er ihr die silbernen Treppen hinauf entgegeneilte, denn sie hatte von der Zinne des Altars seiner Reise zugesehn, »liebe Lilie! Was kann der Mann, ausgestattet mit allem, sich Köstlicheres wünschen als die Unschuld und die stille Neigung, die mir dein Busen entgegenbringt? O mein Freund!« fuhr er fort, indem er sich zu dem Alten wendete und die drei heiligen Bildsäulen ansah, »herrlich und sicher ist das Reich unserer Väter, aber du hast die vierte Kraft vergessen, die noch früher, allgemeiner, gewisser die Welt beherrscht: die Kraft der Liebe.« Mit diesen Worten fiel er dem schönen Mädchen um den Hals; sie hatte den Schleier weggeworfen, und ihre Wangen färbten sich mit der schönsten, unvergänglichsten Röte.

Hierauf sagte der Alte lächelnd: »Die Liebe herrscht nicht, aber sie bildet, und das ist mehr.«

Über dieser Feierlichkeit, dem Glück, dem Entzücken hatte man nicht bemerkt, dass der Tag völlig angebrochen war, und nun fielen der Gesellschaft auf einmal durch die offene Pforte ganz unerwartete Gegenstände in die Augen. Ein großer, mit Säulen umgebener

his features kindled, his eyes gleamed with inexpressible spirit, and the first word of his mouth was "Lily!"

"Dearest Lily!" cried he, hastening up the silver stairs to her, for she had viewed his progress from the pinnacle of the Altar; "Dearest Lily! what more precious can a man, equipt with all, desire for himself than innocence and the still affection which thy bosom brings me? O my friend!" continued he, turning to the old Man, and looking at the three statues; "glorious and secure is the kingdom of our fathers; but thou hast forgotten the fourth power, which rules the world, earlier, more universally, more certainly, the power of Love." With these words, he fell upon the lovely maiden's neck; she had cast away her veil, and her cheeks were tinged with the fairest, most imperishable red.

Here the old Man said with a smile: "Love does not rule; but it trains, and that is more."

Amid this solemnity, this happiness and rapture, no one had observed that it was now broad day; and all at once, on looking through the open portal, a crowd of altogether unexpected objects met the eye. A large space surrounded with pillars formed the forecourt, at the end of which was

Platz machte den Vorhof, an dessen Ende man eine lange und prächtige Brücke sah, die mit vielen Bogen über den Fluss hinüber reichte; sie war an beiden Seiten mit Säulengängen für die Wanderer bequem und prächtig eingerichtet, deren sich schon viele Tausende eingefunden hatten und emsig hin und wider gingen. Der große Weg in der Mitte war von Herden und Maultieren, Reitern und Wagen belebt, die an beiden Seiten, ohne sich zu hindern, stromweise hin- und herflossen. Sie schienen sich alle über die Bequemlichkeit und Pracht zu verwundern, und der neue König mit seiner Gemahlin war über die Bewegung und das Leben dieses großen Volks so entzückt, als ihre wechselseitige Liebe sie glücklich machte.

»Gedenke der Schlange in Ehren!« sagte der Mann mit der Lampe; »du bist ihr das Leben, deine Völker sind ihr die Brücke schuldig, wodurch diese nachbarlichen Ufer erst zu Ländern belebt und verbunden werden. Jene schwimmenden und leuchtenden Edelsteine, die Reste ihres aufgeopferten Körpers, sind die Grundpfeiler dieser herrlichen Brücke; auf ihnen hat sie sich selbst erbaut und wird sich selbst erhalten.«

Man wollte eben die Aufklärung dieses wunderbaren Geheimnisses von ihm verlangen, als vier schöne Mädchen zu der Pforte des Tempels hereintraten. An der Harfe, dem

seen a broad and stately Bridge stretching with many arches across the River. It was furnished, on both sides, with commodious and magnificent colonnades for foot-travellers, many thousands of whom were already there, busily passing this way or that. The broad pavement in the centre was thronged with herds and mules, with horsemen and carriages, flowing like two streams, on their several sides, and neither interrupting the other. All admired the splendour and convenience of the structure; and the new King and his Spouse were delighted with the motion and activity of this great people, as they were already happy in their own mutual love.

"Remember the Snake in honour," said the Man with the Lamp; "thou owest her thy life; thy people owe her the Bridge, by which these neighbouring banks are now animated and combined into one land. Those swimming and shining jewels, the remains of her sacrificed body, are the piers of this royal bridge; upon these she has built and will maintain herself."

The party were about to ask some explanation of this strange mystery, when there entered four lovely maidens at the portal of the Temple. By the Harp, the

Sonnenschirm und dem Feldstuhl erkannte man sogleich die Begleiterinnen Liliens, aber die vierte, schöner als die drei, war eine Unbekannte, die scherzend schwesterlich mit ihnen durch den Tempel eilte und die silbernen Stufen hinanstieg.

»Wirst du mir künftig mehr glauben, liebes Weib?« sagte der Mann mit der Lampe zu der Schönen. »Wohl dir und jedem Geschöpf, das sich diesen Morgen im Fluss badet!«

Die verjüngte und verschönerte Alte, von deren Bildung keine Spur mehr übrig war, umfasste mit belebten, jugendlichen Armen den Mann mit der Lampe, der ihre Liebkosungen mit Freundlichkeit aufnahm. »Wenn ich dir zu alt bin«, sagte er lächelnd, »so darfst du heute einen anderen Gatten wählen; von heute an ist keine Ehe gültig, die nicht aufs neue geschlossen wird.«

»Weißt du denn nicht«, versetzte sie, »dass auch du jünger geworden bist?«

»Es freut mich, wenn ich deinen jungen Augen als ein wackrer Jüngling erscheine; ich nehme deine Hand von neuem an und mag gern mit dir in das folgende Jahrtausend hinüberleben.«

Die Königin bewillkommte ihre neue Freundin und stieg mit ihr und ihren übrigen Gespielinnen in den Altar hinab, indes der König in der Mitte der beiden Männer nach der

Parasol, and the Folding-stool, it was not difficult to recognise the waiting-maids of Lily; but the fourth, more beautiful than any of the rest, was an unknown fair one, and in sisterly sportfulness she hastened with them through the Temple, and mounted the steps of the Altar.

"Wilt thou have better trust in me another time, good wife?" said the Man with the Lamp to the fair one: "Well for thee, and every living thing that bathes this morning in the River!"

The renewed and beautified old Woman, of whose former shape no trace remained, embraced with young eager arms the Man with the Lamp, who kindly received her caresses. "If I am too old for thee," said he, smiling, "thou mayest choose another husband today; from this hour no marriage is of force, which is not contracted anew."

"Dost thou not know, then," answered she, "that thou too art grown younger?" "It delights me if to thy young eyes I seem a handsome youth: I take thy hand anew, and am well content to live with thee another thousand years."

The Queen welcomed her new friend, and went down with her into the interior of the Altar, while the King stood between

Brücke hinsah und aufmerksam das Gewimmel des Volks betrachtete.

Aber nicht lange dauerte seine Zufriedenheit, denn er sah einen Gegenstand, der ihm einen Augenblick Verdruss erregte. Der große Riese, der sich von seinem Morgenschlaf noch nicht erholt zu haben schien, taumelte über die Brücke her und verursachte daselbst große Unordnung. Er war wie gewöhnlich schlaftrunken aufgestanden und gedachte sich in der bekannten Bucht des Flusses zu baden; anstatt derselben fand er festes Land und tappte auf dem breiten Pflaster der Brücke hin. Ob er nun gleich zwischen Menschen und Vieh auf das Ungeschickteste hineintrat, so ward doch seine Gegenwart zwar von allen angestaunt, doch von niemand gefühlt; als ihm aber die Sonne in die Augen schien und er die Hände aufhub, sie auszuwischen, fuhr der Schatten seiner ungeheuren Fäuste hinter ihm so kräftig und ungeschickt unter der Menge hin und wider, dass Menschen und Tiere in großen Massen zusammenstürzten, beschädigt wurden und Gefahr liefen, in den Fluss geschleudert zu werden.

Der König, als er diese Untat erblickte, fuhr mit einer unwillkürlichen Bewegung nach dem Schwert, doch besann er sich und blickte ruhig erst sein Zepter, dann die

his two men, looking towards the Bridge, and attentively contemplating the busy tumult of the people.

But his satisfaction did not last; for ere long he saw an object which excited his displeasure. The great Giant, who appeared not yet to have awoke completely from his morning sleep, came stumbling along the Bridge, producing great confusion all around him. As usual, he had risen stupefied with sleep, and had meant to bathe in the well-known bay of the River; instead of which he found firm land, and plunged upon the broad pavement of the Bridge. Yet although he reeled into the midst of men and cattle in the clumsiest way, his presence, wondered at by all, was felt by none; but as the sunshine came into his eyes, and he raised his hands to rub them, the shadows of his monstrous fists moved to and fro behind him with such force and awkwardness, that men and beasts were heaped together in great masses, were hurt by such rude contact, and in danger of being pitched into the River.

The King, as he saw this mischief, grasped with an involuntary movement at his sword; but he bethought himself, and looked calmly at his sceptre, then at the

Lampe und das Ruder seiner Gefährten an. »Ich errate deine Gedanken«, sagte der Mann mit der Lampe; »aber wir und unsere Kräfte sind gegen diesen Ohnmächtigen ohnmächtig. Sei ruhig, er schadet zum letzten Mal, und glücklicherweise ist sein Schatten von uns abgekehrt.«

Indessen war der Riese immer näher gekommen, hatte vor Verwunderung über das, was er mit offenen Augen sah, die Hände sinken lassen,

Lamp and the Rudder of his attendants. "I guess thy thoughts," said the Man with the Lamp; "but we and our gifts are powerless against this powerless monster. Be calm! He is doing hurt for the last time, and happily his shadow is not turned to us."

Meanwhile the Giant was approaching nearer; in astonishment at what he saw with open eyes, he had dropt his hands; he

tat keinen Schaden mehr und trat gaffend in den Vorhof herein.

Gerade ging er auf die Tür des Tempels zu, als er auf einmal in der Mitte des Hofes an dem Boden fest gehalten wurde. Er stand als eine kolossale, mächtige Bildsäule von rötlich glänzendem Stein da, und sein Schatten zeigte die Stunden, die in einen Kreis auf dem Boden um ihn her, nicht in Zahlen, sondern in edlen und bedeutenden Bildern, eingelegt waren.

Nicht wenig erfreut war der König, den Schatten des Ungeheuers in nützlicher Richtung zu sehen; nicht wenig verwundert war die Königin, die, als sie, mit größter Herrlichkeit geschmückt, aus dem Altar mit ihren Jungfrauen heraufstieg, das seltsame Bild erblickte, das die Aussicht aus dem Tempel nach der Brücke fast zudeckte.

Indessen hatte sich das Volk dem Riesen nachgedrängt, da er stillstand, ihn umgeben und seine Verwandlung angestaunt. Von da wandte sich die Menge nach dem Tempel, den sie erst jetzt gewahr zu werden schien, und drängte sich nach der Tür.

In diesem Augenblick schwebte der Habicht mit dem Spiegel hoch über dem Dom, fing das Licht der Sonne auf und warf es über die auf dem Altar stehende Gruppe. Der König, die Königin und ihre Begleiter

was now doing no injury, and came staring and agape into the fore-court.

He was walking straight to the door of the Temple, when all at once in the middle of the court, he halted, and was fixed to the ground. He stood there like a strong colossal statue, of reddish glittering stone, and his shadow pointed out the hours, which were marked in a circle on the floor around him, not in numbers, but in noble and expressive emblems.

Much delighted was the King to see the monster's shadow turned to some useful purpose; much astonished was the Queen, who, on mounting from within the Altar, decked in royal pomp, with her virgins, first noticed the huge figure, which almost closed the prospect from the Temple to the Bridge.

Meanwhile the people had crowded after the Giant, as he ceased to move; they were walking round him, wondering at his metamorphosis. From him they turned to the Temple, which they now first appeared to notice, and pressed towards the door.

At this instant the Hawk with the mirror soared aloft above the dome; caught the light of the Sun, and reflected it upon the group, which was standing on the Altar. The King, the Queen, and their attendants,

erschienen in dem dämmernden Gewölbe des Tempels von einem himmlischen Glanz erleuchtet, und das Volk fiel auf sein Angesicht. Als die Menge sich wieder erholt hatte und aufstand, war der König mit den Seinigen in den Altar hinabgestiegen, um durch verborgene Hallen nach seinem Palast zu gehen, und das Volk zerstreute sich im Tempel, seine Neugierde zu befriedigen. Es betrachtete die drei aufrecht stehenden Könige mit Staunen und Ehrfurcht, aber es

in the dusky concave of the Temple, seemed illuminated by a heavenly splendour, and the people fell upon their faces. When the crowd had recovered and risen, the King with his followers had descended into the Altar, to proceed by secret passages into his palace; and the multitude dispersed about the Temple to content their curiosity. The three Kings that were standing erect they viewed with astonishment and reverence; but the more eager were they to discover

war desto begieriger zu wissen, was unter dem Teppich in der vierten Nische für ein Klumpen verborgen sein möchte; denn, wer es auch mochte gewesen sein, wohlmeinende Bescheidenheit hatte eine prächtige Decke über den zusammengesunkenen König hingebreitet, die kein Auge zu durchdringen vermag und keine Hand wagen darf wegzuheben.

Das Volk hätte kein Ende seines Schauens und seiner Bewunderung gefunden, und die zudringende Menge hätte sich in dem Tempel selbst erdrückt, wäre ihre Aufmerksamkeit nicht wieder auf den großen Platz gelenkt worden.

Unvermutet fielen Goldstücke wie aus der Luft klingend auf die marmornen Platten; die nächsten Wanderer stürzten darüber her, um sich ihrer zu bemächtigen, einzeln wiederholte sich dies Wunder, und zwar bald hier und bald da.

Man begreift wohl, dass die abziehenden Irrlichter sich hier nochmals eine Lust machten und das Gold aus den Gliedern des zusammengesunkenen Königs auf eine lustige Weise vergeudeten.

Begierig lief das Volk noch eine Zeitlang hin und wider, drängte und zerriss sich, auch noch, da keine Goldstücke mehr herabfielen.

what mass it could be that was hid behind the hangings, in the fourth niche; for by some hand or another, charitable decency had spread over the resting-place of the fallen King a gorgeous curtain, which no eye can penetrate, and no hand may dare to draw aside.

The people would have found no end to their gazing and their admiration, and the crowding multitude would have even suffocated one another in the Temple, had not their attention been again attracted to the open space.

Unexpectedly some gold-pieces, as if falling from the air, came tinkling down upon the marble flags; the nearest passers-by rushed thither to pick them up; the wonder was repeated several times, now here, now there.

It is easy to conceive that the shower proceeded from our two retiring Flames, who wished to have a little sport here once more, and were thus gaily spending, ere they went away, the gold which they had licked from the members of the sunken King.

The people still ran eagerly about, pressing and pulling one another, even when the gold had ceased to fall.

Endlich
verlief es sich
allmählich, zog
seine Straße,
und bis auf den
heutigen Tag
wimmelt die
Brücke von
Wanderern, und
der Tempel ist
der besuch-
teste auf der
ganzen Erde.

At length
they gradu-
ally dispersed,
and went
their way;
and to the
present hour
the Bridge
is swarming
with travellers,
and the Tem-
ple is the most
frequented
on the whole
Earth.

Erstveröffentlichung:
1795 unter dem Titel »Märchen« in der von
Friedrich Schiller herausgegebenen Zeitschrift
»Die Horen« als letzter Beitrag zu
Goethes Novellenzyklus
»Unterhaltungen deutscher Ausgewanderten«.

Umschlaggestaltung mit einem
Bild von Hermann Hendrich
und Satz in Janni Schrift: Jan Müller

Rechtschreibung und Absätze sind der heutigen
Lesegewohnheit angepasst.

Komplettes Hörbuch:
Das Märchen – Johann Wolfgang von Goethe
Erzählung Klassiker
https://www.youtube.com/watch?v=kzhKEhd5eWo

Alfa-Veda Verlag
www.alfa-veda.com
ISBN 978-3-945004-96-8

The Translation by
Thomas Carlyle
was first published
under the title
"The Tale"
in 1832

Full audio:
The Green Snake and the beautiful Lily by J.W.Goethe
https://www.youtube.com/watch?v=vg-kvq8foDk

Leseprobe und Bestellung auf alfa-veda.com

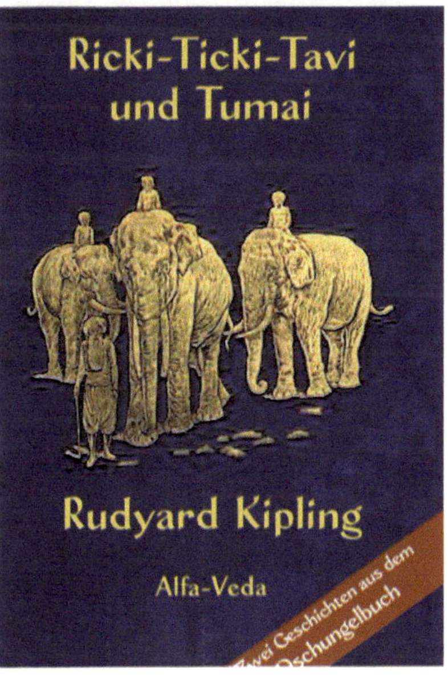

Leseprobe und Bestellung auf alfa-veda.com

Leseprobe und Bestellung auf alfa-veda.com